JUILLET ROUGE

À Mathilde, Pierre, Marie-Sophie,
Louis, Margaux, Paul.

)8
: ; 75005 Paris

tan.com
adoo.fr
).fr

36-9
59

Note de l'auteur.

Ami qui allez lire la vie d'un enfant pendant la Seconde Guerre mondiale en Périgord, ne soyez pas surpris par le langage familier, parfois grossier… mais c'était le nôtre !

“L’accent du pays où l’on est né demeure dans l’esprit et dans le cœur comme dans le langage.”

LA ROCHEFOUCAULD

1

- Bernard, va chercher le pain.

- Oui maman, mais où sont les bons [*] ?

- Sur la table de la cuisine. Tu prends une tourte de dix livres, et tu dis à Louise de te la donner bien cuite.

La boulangerie est à deux kilomètres de la maison sur la route de Beaumont à l'entrée du village. J'aime bien aller chercher le pain, car à mi-chemin il y a le Colombier, la demeure de mes copines, Charlotte et Titi.

Je m'arrêterai pour faire une partie de billes, j'ai le temps c'est jeudi, le jeudi il n'y a pas d'école, et puis en ce moment, ça ne va pas très fort à l'école, la maîtresse est absente, et depuis le début de la semaine nous attendons sa remplaçante, alors pour nous c'est la belle vie !

---

[*] Bons de pain (une livre ou un kilogramme) donnés par le meunier en échange du grain apporté par le fermier.

J'ai huit ans, je sais à peine lire, mais je suis le roi des nids de pies. Enfin !... Peut-être pas tout à fait !... Seul mon copain Pierre est capable de monter à la cime des peupliers pour mettre la main dans le nid, attraper un oisillon juste emplumé, lui tordre le cou et le lancer dans le vide pour que je puisse le récupérer.

Les branches des peupliers sont très cassantes, il faut savoir progresser en se plaquant contre le tronc.

Je vous raconterai plus tard ce qui nous est arrivé un jour de printemps au bord de la Couze, la rivière qui serpente dans la vallée où se cachent des truites, et pas n'importe lesquelles, des farios(*) à la chair rose, comme les aime grand-père qui est un des meilleurs braconniers de la région.

- Maman, où est le chien ?

- ...

- Maman, où est passé Coquet ?

- Avec ton grand-père dans le jardin du haut.

Je ne peux partir sans mon chien, le grand Coquet, un bâtard offert par mon parrain. Lorsqu'il avait deux mois, je l'avais transporté dans une musette de Couze à Bayac et aujourd'hui il est devenu aussi gros qu'un mouton.

(*) Fario : truite saumonée.

- Grand-père, je vais chercher du pain, j'emmène Coquet, tu veux que je t'achète des cigarettes chez Combe ?

- Non, j'en ai assez jusqu'à dimanche. Fais attention aux autos sur la route !

- Mais enfin grand-père tu sais que je fais toujours attention !

Mon grand-père, né en 1872 à Bayac en Périgord, était l'homme de la maison. Il remplaçait mon père, prisonnier en Allemagne, dont je n'avais qu'un vague souvenir.

En 1914, à quarante-deux ans, bien que veuf, il était parti pour la Marne laissant trois enfants, mon oncle âgé de onze ans, qu'il avait placé chez un de ses amis vigneron à Saint-Emilion, ma mère et ma tante qui avaient trois et six ans et qu'il avait confiées à sa sœur religieuse dans un couvent à la Souterraine.

Grâce à ses connaissances de la nature et à son âge avancé, il avait reçu pour mission d'améliorer l'ordinaire de la troupe en tendant des collets entre les lignes. J'ai de la peine à imaginer que les lièvres et les perdrix, sous ces déluges de mitraille, n'aient pas fui les lieux, mais il paraît, comme l'affirmait grand-père, que contrairement à ce que nous pouvons penser – nous qui n'avons pas connu les champs de bataille – ces pauvres bêtes arrivaient à y vivre et même à s'y reproduire.

Grand-père avait survécu, mais, à plus de quarante ans on ne passe pas quatre ans sur un champ de bataille sans se poser des questions. Il avait réfléchi, beaucoup réfléchi lorsque, appuyé sur son fusil, les pieds dans la boue et la peur au ventre, il attendait le signal de l'assaut.

Grand-père était revenu de la guerre athée et philosophe. Il disait souvent : « la guerre est un endroit où on pense non pas aux autres, mais à soi ».

Un jour, au retour d'un gueuleton à la foire de Beaumont, où il se rendait avec son ami curé de Lanquais tous les troisièmes mardis du mois, alors qu'ils étaient en train de boire un dernier verre avant de se séparer, je l'ai entendu lui dire :

- « Nous sommes de bons copains, mais tu sais bien que je ne suis pas croyant, que je n'ai donc pas le passeport pour l'au-delà que tu proposes à tes ouailles.

Je veux rester un honnête homme, libre de ses choix. Tu sais bien ce qu'on dit : "né poussière tu retourneras poussière" et je le crois. Je peux très bien gérer ma vie sans le bon Dieu. D'ailleurs, je ne sais pas si tu t'en souviens, mais en 16, dans la Marne, il était absent et nous a laissés nous démerder seuls ».

D. GIRONNET

C'était un homme de petite taille, mais vigoureux avec une belle moustache à la Vercingétorix. Il était toujours coiffé d'un grand béret basque, posé à plat sur sa tête, le devant modelé en forme de chien-assis. La ceinture de flanelle, qu'il portait hiver comme été, retenait son pantalon de coutil. Pour travailler il quittait sa veste de velours aux très beaux boutons dorés en forme de cor de chasse et l'accrochait à la branche d'un arbre, pour avoir à portée de la main cigarettes et briquet. Il avait toujours dans la poche de son pantalon un couteau Pradel à la lame affûtée qui coupait comme un rasoir. J'avais le droit de le prendre, de le regarder, mais, étant donné mon jeune âge, il m'était interdit de m'en servir, « c'est trop dangereux » disait grand-père.

- Coquet !... Tu viens ?

Coquet qui dormait dans un coin ne bougea pas, il était trop bien sur la terre chaude !

- Coquet !… Viens !… On va chercher du pain.

Visiblement il n'avait pas envie de venir, mais pour me faire plaisir, il avait déplié sa grande carcasse, et dans ses yeux je pouvais lire : "Bon, puisque tu y tiens on y va".

La maison de mes parents est construite sur une petite plate-forme rocheuse, à mi-hauteur, sur la colline de la Beynerie, au bord d'un oued qu'on appelle la « cavaille » et qui ne coule qu'au printemps par temps de grosse pluie. Elle garde l'entrée d'une carrière souterraine exploitée depuis deux siècles par les membres de ma famille, mais reste fermée depuis le départ de mon père pour la guerre.

À la débâcle en 1940, les militaires paniqués, pressés de rejoindre leurs familles y ont abandonné camions, automitrailleuses, armes, qui sont alignés dans les galeries comme dans une grande foire à la ferraille. Cette carrière pleine de matériel militaire est pour moi un endroit merveilleux, mais ma mère n'aime pas du tout que j'entre dans ce temple de la guerre. Evidemment, dès que j'en ai la possibilité, et que la surveillance se relâche, je m'installe aux commandes d'une automitrailleuse et je pars à l'assaut de la colonne ennemie qui me fait face. Je suis, il va sans dire, toujours vainqueur et Coquet qui est mon coéquipier apprécie le confort des sièges de l'armée. Bien souvent, lorsque la manœuvre dure un peu trop longtemps, il s'endort et ronfle. J'aime ces jouets grandeur nature laissés par les militaires, mais j'en veux à ces guerriers trop pressés de rejoindre le « Sud »... qui avaient le feu aux fesses depuis la Loire... et qui ont écrasé Toutoune ma vieille chienne sourde, et l'ont achevée d'un coup de revolver dans la tête. Elle m'avait permis de faire mes premières dents en lui mâchonnant les oreilles. Quand on sait la douleur que peuvent occasionner de telles morsures, Toutoune avait dû beaucoup m'aimer pour supporter un tel supplice.

Sa mort fut le premier grand drame de ma vie.

La route de la Beynerie, blanche, pleine de nids de poule passe devant la maison, juste après la cavaille, puis descend doucement vers la nationale 660. Mon grand-père l'empierre tous les ans, pour les prestations(*), mais ça ne suffit pas, elle est toujours en mauvais état. Les roues ferrées des charrettes la labourent à longueur d'année et les pluies la ravinent.

Coquet me suit à deux pas, tête baissée, truffe entre les pattes. Visiblement il n'avait pas envie de venir car je lui ai coupé "sa" bonne sieste dans ce creux de terre chaude.

- Allez Coquet !... Un peu de courage !... Tu auras une récompense en arrivant chez Louise !

Chaque jour à huit heures et à dix neuf heures, la nationale, goudronnée depuis 1930 selon les dires de ma mère, voit passer le car Citroën qui assure la liaison

---

(*) Impôts locaux.

Montpazier-Périgueux. C'est le seul service public qui nous relie à la capitale périgourdine.

Le chauffeur est très drôle, il porte une casquette grise, il a des moustaches grises, une blouse grise, et conduit un bus gris. En dehors de ce délire de couleurs qui conviendrait mieux à une entreprise de pompes funèbres qu'à une société de transport, le bonhomme est sympa. Pour quelques sous il fait vos commissions à Périgueux et les ramène le soir. Et tout cela dans la bonne humeur ! Il s'appelle Joseph… l'aimable !… Et je trouve que ça lui va bien…

Chaque fois que j'arrive chez Branot je ne suis pas rassuré. La mère Branot me taquine souvent et je n'aime pas du tout ça !

- Bonjour madame.
- Ah c'est toi Bernard, c'est moi que tu viens voir ?
- …
- Mais non !... Tu viens encore voir mes filles ?
- Je vais chercher le pain et en passant je voulais seulement voir si Charlotte était là.
- Non, elle est partie pêcher au pont des Forges, tu vas la trouver en passant, je te fais confiance !… Tu la trouves toujours !

Charlotte était assise sur le parapet, les pieds dans le vide, les yeux rivés sur la pointe de son scion(*).

M'entendant arriver elle tourna la tête.

- Ah ! C'est toi petit con !

- …

Je vais chercher du pain, comme je ne suis pas pressé, j'ai pensé qu'on pourrait faire la revanche de la partie de billes que tu as perdue hier.

- Tu parles !... Hier je me suis fait engueuler par ma mère, elle a tout de suite vu que mon sabot était mouillé, j'ai dû lui raconter une salade pour m'en sortir et je ne lui ai pas dit que c'était toi qui l'avais balancé dans la Couze, sans quoi elle t'aurait tué… T'es vraiment un sale con tu sais !

- Tu triches toujours, et après tu viens te plaindre que je ne me laisse pas faire, tu es quand même extraordinaire !

Comme d'habitude elle avait triché.

La plupart du temps je laissais faire, mais là, mon stock de billes diminuant dangereusement, j'avais réagi.

Elle était partie en courant les trois billes dans la poche. Heureusement pour moi, les sabots n'étant pas des

---

(*) Scion : partie extrême d'une canne à pêche.

B. GIRONNET

chaussures adaptées à la course, au bout de dix mètres elle perdit son sabot gauche et poursuivit à cloche-pied. J'en profitai pour le ramasser et le jeter dans la rivière. Mais un sabot en bois ça flotte !

Alerté par nos cris, Pierre, qui pêchait la truite dans le petit courant de la cascade avait récupéré le sabot.

Je n'étais pas très fier de mon geste et me confondais en excuses, mais Charlotte ne voulait rien savoir et me menaçait de le dire à sa mère. Moment difficile... On s'était séparé sans rien dire.

- Alors on la fait cette partie ?

- Non, je pêche depuis une heure et je n'ai attrapé que dix gardèches(*), pas un goujon, pourtant tu vois les quatre gros qui dorment sur le sable en remuant la queue ? Je n'y arrive pas !

- Fais voir ton claou(*)! Je t'ai déjà dit cent fois qu'il ne fallait pas mettre un ver entier. Ils bouffent ce qui dépasse, et tu les manques à chaque fois.

- Alors comment on doit faire ?

- Tu recouvres le clou et tu coupes le ver à trois millimètres après la pointe... comme ça, dès qu'ils commencent à manger le ver, ils sont pris par le clou... tu comprends ?... Sinon... ils le mangent sans être pris. Tu

(*) Gardèche : vairon.
(*) Claou : hameçon.

comprends ça quand même !... Après, quand tu as bien mis le ver sur le clou, tu pêches à vue… sans flotteur !… En guidant le fil avec la canne, il faut que tu réussisses à déposer l'appât devant la gueule du poisson… surtout sans le toucher !... Sinon il se tire. Je vais te mettre un ver… Essaie !

- C'est pas facile !

- Essaie tout de même, applique-toi, tiens bien ta ligne vers l'amont pour que le ver touche le fond à vingt centimètres avant le poisson. Après tu laisses glisser le ver par petits coups en le retenant… doucement… doucement ! Il faut qu'il arrive « naturellement » devant la gueule du goujon et je te le répète : sans le toucher ! T'as compris ? Bon, à demain !... Je passerai te chercher avec Pierre vers huit heures et demie. T'es toujours fâchée ?

- Mais non…

La boulangerie était une maison ordinaire dans le style périgourdin, pas d'enseigne sur la façade… rien !… Il fallait savoir !… Les gens d'ici savaient… les touristes qui voulaient du pain ? Y'en avait pas !

En entrant, de chaque côté du couloir, des râteliers vissés aux murs supportaient les miches et les tourtes. Au fond à droite la cuisine, à gauche le fournil. Les murs blancs peints à la chaux diffusaient la lumière blafarde de l'unique lampe qui pendait du plafond… vingt watts peut-être !

On entrait sans frapper, d'ailleurs, été comme hiver, la porte était grande ouverte.

- Y a quelqu'un ?
- Je suis là, j'arrive !
- Bonjour Louise.
- Tu me fais la bise ?
- ... Je voudrais une tourte de dix livres, bien cuite, a dit ma mère. Tiens, voilà les bons.
- Je te prépare ça.
- Où est Arsène ?
- Dans le fournil, va le voir il sera content.

Arsène le boulanger était le beau-frère de mon oncle le frère de mon père. Gazé en 1917, il était souvent malade et allergique à la farine, ce qui ne facilitait pas son travail. Maigre, les joues creuses, il n'avait pas l'allure d'un boulanger, mais il était bien obligé de travailler et pour moi c'était le plus gentil des hommes, à part grand-père évidemment.

- Te voilà mon lapin, t'es venu tout seul sans Coquet ?
- Il est dans le couloir, il en profite pour se faire caresser par Louise et attend que quelque chose tombe du ciel... il est tellement gourmand, et sait très bien que

Louise succombe à son regard de chien martyrisé ! Il est malin tu sais… mais c'est mon Coquet.

Il faut que je vous dise : tous les jours, mon chien m'accompagnait à l'école, passait chez ma tante dans le bourg pour voir si elle ne lui avait pas réservé quelques restes de repas, et poursuivait sa tournée chez le boulanger. Les jours ordinaires Arsène lui donnait des bouts de pâte fraîche, et, les jours exceptionnels, lui permettait de passer quelques coups de langue dans le grand pétrin en fonte. Un pétrin d'un mètre cinquante de diamètre, entraîné par une courroie enfarinée qui le reliait à un vieux moteur électrique fixé au mur. Pour Coquet qui ne pouvait atteindre que les bords, ça faisait tout de même une belle surface à lécher… il se régalait !

- Dis moi, à l'école comment ça va ?

- En ce moment on n'a pas de maîtresse, elle est malade depuis huit jours, il paraît qu'elle va revenir demain.

- Elle vous parle du maréchal Pétain ?

- Non !... Qui c'est ?

- C'était le grand chef à Verdun en 1916, tu sais, j'ai servi sous ses ordres ! C'était un grand homme, mais maintenant je crois qu'il est comme moi, un peu ramolli.

- Elle a dit que la France risque de perdre la guerre parce que les Allemands sont bien mieux armés que nous. Qu'est-ce que tu en penses ?

- Je crois que malheureusement elle a raison. Mais t'en fais pas trop, les choses finissent toujours par s'arranger... les guerres se terminent... la paix revient... les gens oublient... la guerre recommence... c'est comme ça depuis des millénaires !...

- ...

- Ton grand-père va bien ?... Qu'est-ce qu'il fait ?

- Le jardin, et il rouspète après ma grand-mère qui a laissé les canards manger les salades. Si tu voyais, ils ont tondu deux plates-bandes... un vrai massacre !

- Je comprends qu'il soit furieux. Mais enfin ce n'est pas grave, à cette saison il peut refaire une plantation. Tu le salueras pour moi ! Dis-lui aussi que si vous avez besoin de salade il peut venir en chercher. Tu as vu, dans mon jardin de l'autre côté de la route, j'en ai au moins cent !... Et j'ai pas de canards !

- Je lui dirai. Au revoir Arsène, je repasserai samedi en revenant de Biot.

J'aimais bien ce fournil qui sentait la farine et le pain chaud. Quand je tombais au bon moment, j'aidais Arsène à garnir le four de fagots et, suprême honneur, à mettre le feu aux vieux journaux chiffonnés qu'il plaçait, au centre du foyer, sous un tas de fines brindilles qui s'enflammaient bruyamment, attisées par le courant d'air.

Parfois, quand j'arrivais à la fin d'une chauffe, Arsène m'invitait à prendre la grande raclette métallique et à tirer les braises jusqu'à la porte du four pour les faire tomber dans l'étouffoir, une grande barrique en tôle noire. L'opération était dangereuse et à mon âge, j'étais fier de cette marque de confiance !

En sortant de la boulangerie, je passais devant chez mon grand-oncle Charles, le frère de mon grand-père, « l'intello » de la famille. Il avait été chef de gare à Blaye, alors respect oblige, je ne pouvais passer devant la maison sans lui dire bonjour.

On entrait directement dans la cuisine, comme c'était presque toujours le cas à la campagne. À droite, sous la fenêtre, une table basse lui servait de bureau. C'est là qu'il recevait les administrés, car il avait été nommé secrétaire de mairie, par Lorichan, le maire, qui disait-on, savait tout juste signer son nom. Ce qui me plaisait sur ce bureau c'était le porte-plume… un porte-plume de rêve !… Par un petit trou, à mi-hauteur, on pouvait voir la vierge de Lourdes… une vraie vierge dans sa grotte !… Je sais pas si vous voyez !... J'avais très souvent vanté la beauté d'un tel instrument… mais mon oncle faisait la sourde oreille.

Ma tante Justine toujours assise devant la cheminée – on aurait dit une momie enveloppée dans un grand châle noir – répétait à tous ses visiteurs : « je suis “perclus” de rhumatismes ». Les rhumatismes je savais que c’était une maladie de vieux, car j’entendais souvent ma grand-mère dire « ce rhumatisme dans le bras gauche me fait souffrir ». Mais “perclus”, qui donnait un air d’extrême gravité à cette maladie, j’avoue que je ne savais pas ce que ça voulait dire.

- « Percluse, la tante est percluse et non pas “perclus”, c’est-à-dire impotente, elle a beaucoup de mal à bouger », m’avait répondu ma mère, ramenant ainsi brutalement la maladie de ma tante à une dimension ordinaire.

J’avais décidé de rentrer en passant par le tertre, le chemin étant plus court. La montée, au départ, dans le bois de Niot était raide et tous les cinq ou six mètres, un mur en pierres sèches retenait la terre pour former des terrasses plantées d’arbres fruitiers.

Le franchissement de ces murs par des escaliers aux marches hautes et irrégulières, était particulièrement pénible surtout avec ma tourte de dix livres sous le bras.

Dès qu’on arrivait dans le bois, à mi-pente, la marche devenait facile, le chemin partait à l’horizontale pour rejoindre le plateau.

Le bois de Niot, orienté au sud, était le bois des truffes, et de fin décembre à début février avec mon chien nous visitions les vieux chênes truffiers. C'est grand-père qui m'avait initié, précisant, que « rien ne pousse sous un truffier, car la terre est "brûlée", parfois craquelée à la verticale d'une truffe peu profonde ». Cette description, même succincte, permet de repérer très facilement un arbre truffier en production, mais, évidemment le plus difficile reste à faire : trouver les truffes, car elles sont généralement à une quinzaine de centimètres de profondeur. Les truffes en surface, qui soulèvent la terre comme de petites taupinières, sont rares mais faciles à trouver. On peut déjà les repérer fin septembre, début octobre. Mais, la truffe d'hiver, la noire, la tuber melanosporum, qui est mûre après les gelées, il faut un chien ou un cochon pour la trouver sans endommager la truffière et Coquet était doué pour ça.

Tout piochage à l'aveuglette est proscrit car d'une façon générale il entraîne l'arrêt de la production et quand on sait qu'il faut au moins dix ans pour qu'une truffière se remette à produire, c'est une véritable catastrophe.

Il faut attendre que le chien « marque » la truffe pour creuser le sol, par étapes, en mettant le nez sur la terre tous les deux ou trois centimètres de profondeur, afin de repérer la truffe à l'odeur, puis la déterrer soigneusement avec une tige métallique pointue.

C'est une opération délicate mais très excitante car la grosseur peut varier de la taille d'une noisette à celle d'une grosse pomme de terre, ce qui modifie énormément le prix de la trouvaille.

En janvier 1946 j'en ai trouvé plus d'un kilo, une véritable fortune que j'ai glissée dans ma tirelire.

Sur le plateau, le chemin passait entre les vignes de mon oncle, les seules qui avaient été replantées avec des hybrides américains depuis leur destruction par le phylloxéra à la fin du dix-neuvième siècle. Elles produisaient un petit vin de dix degrés que les hommes buvaient comme de la potion magique.

Grand-père disait toujours, il y a deux choses dangereuses dans la vie : « le lait parce que *quey dé lo pouijou*(*) et l'eau parce que ça rouille ». D'où la nécessité absolue de boire du vin, pas trop fort, pour garder sa lucidité et rester en bonne santé.

Coquet aimait bien passer près des vignes car il y avait toujours une compagnie de perdreaux rouges qui traînait. Il les repérait très vite et en quelques secondes, avec ce bruit caractéristique de turboréacteur, la compagnie s'égaillait. Il revenait vers moi, la tête penchée en avant

(*) *Quey dé lo pouijou* : c'est du poison.

avec comme un sourire aux lèvres, qui semblait me dire : « Tu vois ils sont toujours là ! ».

Après le plateau cultivé, on passait dans le bois du Colombier, un bois de chênes centenaires, mais des centenaires de petite taille qui avaient eu beaucoup de mal à pousser dans un sol pierreux et peu profond.

C'est ma grand-mère qui « faisait la soupe ».

Tous les matins à huit heures au soleil – pas à l'heure allemande qu'elle ignorait – elle allumait le feu dans le « cantou » (grande cheminée où on pouvait entrer debout). Dès qu'il y avait suffisamment de braise, elle décrochait un trépied de la paroi noircie, posait le « toupi »[(*)] au centre et commençait la soupe pour midi. Pour être bien bonne, elle devait mijoter toute la matinée.

En Périgord on ne conçoit pas de repas sans soupe, midi et soir. La semaine c'était toujours une soupe de légumes de saison et le dimanche le vermicelle fait avec le bouillon de la poule au pot. J'adorais et j'adore toujours ça !

Pour que la soupe soit excellente il faut qu'elle soit épaisse. On coupe dans son assiette des tranches fines de

---

[(*)] Toupi : marmite en fonte.

pain rassis jusqu'au quart de la hauteur, puis on verse le bouillon chaud sur ce pain qui se met à gonfler, et selon son goût, on la mange tout de suite – si on aime le pain un peu ferme – ou on attend quelques minutes pour que le tout devienne onctueux.

Et après ça c'est le « chabro » : un reste de bouillon au fond de l'assiette et un bon verre de vin tant que l'assiette est encore tiède.

Ça vous remet un homme ! Grand-père aimait ça, et quand il reposait son assiette sur la table il lissait ses moustaches de contentement… ses yeux brillaient !… Un petit moment de bonheur !

Ma grand-mère n'était pas la femme de mon grand-père, ils étaient veufs tous les deux. Mon grand-père était le père de ma mère, et ma grand-mère la mère de mon père. Difficile de s'y retrouver pour « l'étranger ». Le mariage de mes parents les avait réunis, pour moi c'était formidable, j'avais une grand-mère et un grand-père que j'aimais et qui me le rendaient bien.

Ma grand-mère était toujours habillée de noir de la tête aux pieds, seul un tablier bleu apportait une note de gaieté à sa tenue austère. Sur sa tête, comme un grand papillon noir, une coiffe périgourdine !... Qu'on ne voit plus aujourd'hui que dans les musées.

En plus de la cuisine elle avait en charge l'élevage des poules, canards, lapins et du cochon. Nous n'avions pas d'oies, « ça fait trop de bruit » disait-elle !

Grand-père s'occupait des jardins, des terres et de la vigne.

Ma mère, pour avoir de l'argent liquide, "faisait de la couture".

Le système fonctionnait à la satisfaction de tous, nous n'étions pas riches mais nous vivions bien. Grand-père, qui n'avait pas perdu la main depuis 14, ramenait de temps en temps un garenne que ma grand-mère faisait cuire à la broche sur la braise.

Je savais où il posait ses collets, car un jour, sans le lui dire, je l'avais pisté. Il n'allait pas très loin de la maison, juste au bout du champ, où commence le bois de genévriers car les lapins sauvages n'aiment pas vivre loin des habitations. Il préparait toujours ses collets en fil de cuivre avec soin, il les flambait avant la pose pour qu'ils n'aient pas d'odeur. Les animaux sauvages ont l'odorat très développé, pour réussir à les piéger il faut soigner les détails et croyez-moi grand-père savait le faire.

2

Juin 1940.

À la débâcle, nous avons vu arriver dans une vieille Peugeot 201 noire, immatriculée dans la Seine, un garçon de mon âge accompagné de sa mère et son grand-père. Des réfugiés, disait-on. Ils avaient fait les six cents kilomètres qui séparent Bayac de la capitale en huit jours, couchant dans la voiture ou dans des granges.

Le grand-père nous expliquait qu'à Limoges dans un embouteillage monstre, le moteur chauffant, une durite avait éclaté. Il avait fait une réparation de fortune avec un chiffon et de la ficelle, mais tous les dix kilomètres il devait « faire » de l'eau comme on dit dans les chemins de fer.

La voiture arrêtée, un nuage de vapeur d'eau continuait à s'échapper du capot. Le coffre, la banquette arrière, la galerie avec deux matelas ficelés, contenaient tout ce que ces pauvres gens avaient cru indispensable d'emporter dans leur fuite. Ma mère écoutait avec attention le récit de leur épopée.

À Paris, sur les conseils de leurs amis Pirancart, ils avaient mis le cap sur Bayac via Orléans, Châteauroux, Limoges et Périgueux.

Les Pirancart, vieux Parisiens de la Place des Fêtes, avaient une maison de vacances à Bayac. Amis de mes parents, ils venaient tous les ans en septembre pour les vendanges, c'était pour eux un moment de réjouissance et d'amitié. Tout naturellement ils avaient conseillé à leurs amis parisiens de partir pour Bayac et de demander l'hospitalité à la famille Lambert. Ma mère qui ne pouvait rester insensible à une telle détresse avait proposé de les héberger chez grand-père, qui, pour leur céder la place irait coucher dans la maison du « four ».

Grand-père n'habitait pas dans la maison de mes parents où nous couchions, ma grand-mère, ma mère et moi, mais dans une maisonnette troglodytique, située à vingt mètres à gauche de l'allée de la carrière. Elle se composait d'une grande pièce avec cheminée et d'une chambre plus petite complètement creusée dans le rocher. Le lit de mon grand-père, d'époque Premier Empire, occupait le coin droit en entrant, une statue en plâtre de la vierge trônait sur la cheminée encadrée par une armoire et une commode de style Louis xv rustique. Ça n'était pas

B. GIRONNET

très grand mais en ajoutant deux lits ça conviendrait parfaitement pour loger les trois arrivants.

La maison du « four », beaucoup plus petite, était, comme son nom l'indique, accolée au four à pain, blottie sous le rocher du pigeonnier, troglodytique comme celle de grand-père, construite en pierre calcaire de la carrière, elle se confondait avec la falaise. Un grand figuier pendait du rocher et contribuait à la camoufler. Le four, à droite sur la façade, n'était repérable que par sa petite porte voûtée en fonte noire.

À l'intérieur, deux pièces au sol en terre battue. Dans la plus grande, mon grand-père stockait les pommes de terre pour l'hiver, dans la seconde, aux murs peints à la chaux, trônaient un lit métallique et une cheminée en coin avec, sur son manteau, un crucifix noir et un brin de laurier bénit.

Un grand coup de balai et cette chambre serait parfaitement habitable. De toute façon mon grand-père n'avait besoin que d'un lit, pour la sieste et pour la nuit, car il prenait ses repas avec nous.

Depuis l'arrivée des Parisiens ma mère était inquiète, et commençait à prendre conscience que la guerre était perdue. N'ayant plus de nouvelles de mon père depuis un mois, nous pensions qu'il était peut-être mort !

On laissait marcher le vieux poste de radio Marconi pendant des heures mais les informations étaient rares et contradictoires. Grand-père se voulait rassurant, les Français ayant la ligne Maginot, puissante barrière contre l'invasion, il y avait peu de chance pour que l'armée allemande puisse passer. En 1917, même sans elle, l'armée française s'était ressaisie, et avait su barrer la route à l'ennemi pour enfin l'emporter, il avait vécu cela, et savait que c'était possible.

13 juin 1940.

Le journal du soir nous informait que les troupes allemandes étaient entrées dans Paris... qu'elles progressaient vers le sud et allaient atteindre bientôt la Loire...

Grand-père tout pâle, restait sans voix, le scénario de 14-18 ne s'était pas reproduit.

Ses yeux embués traduisaient sa détresse, pauvre grand-père qui croyait avoir gagné la « der-des-ders » !... Triste mois de juin !

Les Parisiens, bien qu'inquiets de la tournure que prenaient les événements, semblaient s'adapter à leur nouvelle vie. Claude, devenu mon copain, me suivait partout, voulait faire comme moi. Il avait la « sape », l'allure et les manières d'un garçon de la ville, et connaissait sûrement très bien le macadam de Paris, mais la terre, l'herbe, les arbres et les ruisseaux périgourdins n'étaient pas ses éléments. J'allais devoir tout lui apprendre dans ce domaine...

Lorsque mon copain Pierre de la Beynerie l'avait rencontré pour la première fois, il s'était planté devant lui, l'avait examiné de la tête aux pieds, et s'était exclamé : « Salut !... Oh ! Putain !... T'es sapé comme un ministre ». Claude, choqué par le vocabulaire de Pierre dont il ne percevait pas toutes les nuances, était resté debout, les yeux écarquillés, sans rien dire. Pierre avait souri et lui avait tapé sur l'épaule, comme pour lui dire : « T'en fais pas, ça va s'arranger... ».

Pierre était né à la Beynerie dans une famille de paysans pauvres, et avait trois frères et cinq sœurs. Les parents, Marie et Robert, grâce à un travail acharné, arrivaient à nourrir cette grande famille. Il faisait bon vivre chez les Deversan. Très souvent, lorsque j'étais encore à la Beynerie à midi, Marie m'invitait à manger. Un de plus à table !... Pas de problème !... Quand il y en avait pour onze il y en avait pour douze !

La table immense trônait au milieu de la cuisine devant la grande cheminée où deux coffres à sel servaient de sièges pour se chauffer les pieds. La grand-mère, qui monopolisait ce petit coin de paradis, surveillait d'un œil attentif les plats qui cuisaient et, de temps en temps, réquisitionnait un enfant qui passait pour aller chercher du bois dans la grange : *despachoté paouvré ey béjoun dun paou des boï*(*).

La ferme des Deversan était bâtie sur un plateau d'où l'on pouvait voir, par temps clair, Bergerac à vingt kilomètres. La cour, ouverte au sud, était limitée par trois bâtiments, la maison d'habitation à l'est, la grange au nord et le hangar à foin à l'ouest avec l'étable. Un grand tilleul et un acacia centenaire gardaient l'entrée.

Le soir, après souper, Claude aimait bien venir avec moi chercher le lait à la Beynerie. Notre bidon de fer

---

(*) Dépêche-toi pauvret j'ai besoin d'un peu de bois.

émaillé à la main, nous partions à l'assaut de la colline. Les Deversan avaient quatre vaches pour la reproduction et le lait, et deux grands bœufs pour les labours et les charrois. C'étaient toujours les enfants qui faisaient la traite. Ce soir, c'était Maurice qui était assis sur le trépied, un gros seau de dix litres entre les cuisses. À deux mains il tirait sur les mamelons et le lait, par giclées, chantait dans le seau.

- Alors les gars, vous voilà !

- Salut Maurice !

- Claude, ne passe pas si près du cul des vaches, tu vas prendre un coup de queue. Elles sont pleines de mouches et de temps en temps, pour les virer, elles foutent un grand coup de queue sur leur flanc et si tu prends le paquet de ficelles en pleine poire, ça fait mal.

Au mois de juin les jours étaient longs, mais comme nous traînions passablement à l'étable pour assister à la traite, discuter avec les copains, nous rentrions à la nuit tombée. Claude, pour qui les rues étaient toujours éclairées, était ravi mais effrayé de marcher dans le chemin creux qui traversait les bois, car seules les étoiles nous tenaient compagnie. À Paris le pauvre garçon n'avait jamais vu le ciel. De temps en temps nous nous arrêtions au dolmen de Peyrolévade et assis sur la grande dalle plate je lui faisais un cours d'astronomie, et lui récitais ce que m'avait appris grand-père, je n'étais pas très fort... mais j'en savais plus que lui :

- À droite, dans la direction du nord, tu vois les étoiles qui forment un grand chariot, c'est la Grande Ourse. Si tu prolonges de cinq fois le petit côté tu tombes sur la Petite Ourse. La dernière, celle qui scintille le plus, au bout de la queue, c'est l'étoile Polaire. Elle ne bouge jamais. Seuls les chariots se renversent au cours de l'année, mais, au bout d'un an, ils reviennent à la même place. Tu vois, c'est commode pour s'orienter. Ici, ça ne me sert pas à grand-chose car je connais la commune par cœur, mais plus tard, comme dit grand-père, on ne sait jamais. À Paris, tu ne peux pas voir le ciel parce qu'il y a trop de lumière, pour bien voir, il faut être ici, en pleine campagne. Tu vois, quand je serai grand je m'achèterai un livre d'astronomie où il y aura le nom de toutes les étoiles. Ça te plairait pas, toi, d'en avoir un ?

- Oh ! Oui. Tu sais là-haut y a peut-être des types comme nous, on doit en parler dans les livres !

- Grand-père m'a dit qu'il y avait des milliards d'étoiles et que ça serait bien le diable que dans tout ça il n'y en ait pas une qui nous ressemble. Il y croit, mais évidemment ne peut rien prouver. L'autre jour, comme j'insistais un peu lourdement pour avoir une explication, il m'a dit : « Vas voir le curé, il a peut-être la réponse à ta question, mais... n'y crois pas trop ! ».

- Peut-être que quand on meurt on va dans une étoile ! J'aimerais bien. De là-haut on doit voir la terre, ça doit être magnifique.

- Tu vas au cathé ?

- Non, qu'est ce que c'est ?

- Tu sais bien, à l'église le jeudi, le curé nous apprend la religion.

- Non, je suis juif.

- Qu'est-ce que c'est ? C'est quoi juif ?

- C'est la religion de mes parents. Quand on nous baptise on nous coupe un petit bout de la quéquette.

- Ils sont fous ! T'as pas eu mal ?

- Non, j'étais tout petit, je ne m'en souviens même pas.

- Tu peux pisser sans problème ?

- Bien sûr, ça n'a rien à voir. C'est juste un petit bout de peau à la tête de la quéquette. Tu veux voir ?

- T'es pas un peu con ! Je te fais confiance. Alors t'as pas le même bon Dieu que moi ?

- Je sais pas.

- Pourtant, le curé dit qu'il est unique.

- Regarde cette immensité. Là-haut y a la place pour plusieurs, tu crois pas ?

- Si, si. Y a quelqu'un qui nous raconte des salades, faudra que je vérifie. Si t'as le même bon Dieu que moi, alors qu'on n'a pas la même religion, je trouve ça bizarre. Pas toi ?

- Si !... Peut-être qu'on a la même religion mais qu'on l'appelle différemment suivant les endroits.

Les jours passaient, Claude, sa mère et son grand-père étaient maintenant installés dans la maison d'Arthur. Ma mère leur avait fourni une batterie de casseroles et quelques toupis. Le plus difficile pour la mère de Claude, habituée au gaz de ville, c'était de faire la cuisine au bois dans la cheminée, car ici, loin du confort parisien, nous n'avions pas de gaz. Heureusement, elle pouvait prendre conseil auprès de grand-mère, qui, elle, ne savait faire la cuisine que dans le cantou.

J'avais repris l'école, la maîtresse était revenue, pâle et grincheuse. L'ambiance n'était pas terrible. Je n'aimais pas la voir comme ça. D'habitude elle était plutôt gentille... mais était-elle encore malade ?

Claude s'ennuyait un peu quand je n'étais pas là. Ma mère et la sienne avaient décidé d'aller voir la maîtresse pour le faire inscrire au cours moyen. Comme ça il pourrait me suivre et jouer avec Pierre et Charlotte qu'il connaissait depuis son arrivée.

La fin de l'année scolaire arrivait, la chaleur aussi, et le rendement, déjà faible, chutait énormément. Nous n'avions qu'une idée en tête : partir en vacances.

Nous chantions : « Les livres et les cahiers au feu,... la maîtresse au milieu... ».

19 juin 1940.

Revenant de se faire raser chez le père Simon, le barbier de Couze, grand-père avait ramené quelques nouvelles et surtout pas mal d'interrogations :

- « Le gouvernement vient de s'installer à Bordeaux, et Paul Reynaud est toujours président du Conseil. Vatier, que je viens de rencontrer au moulin de Bayac, prétend avoir entendu, hier au soir, à la radio de Londres, le sous-secrétaire d'Etat à la Défense nationale, le général de Gaulle, inviter les officiers et les soldats français à le rejoindre. Ça fait désordre !... On se demande qui commande ? Ce soir j'irai chez Mayut, Noël est toujours bien informé, j'espère qu'il pourra me dire quelque chose ».

Renseignement pris, pour de Gaulle, Mayut n'était pas au courant, mais il allait s'informer auprès de son copain

Louis, le radio amateur de Lavergne, qui passe ses soirées avec un casque sur la tête.

La réponse arriva le lendemain sur un petit bout de papier griffonné à la main :

- « De Gaulle a parlé à la radio de Londres invitant les troupes à le rejoindre. Le gouvernement est toujours à Bordeaux. Depuis le 16 juin au soir, ce n'est plus Reynaud qui est aux commandes mais Pétain qui aurait demandé aux troupes de "cesser le combat". La France est au bord de la capitulation. Dès que j'aurai d'autres nouvelles je vous le ferai savoir.

Amicalement.

Louis ».

Le présent était sombre et l'avenir aussi.

Le grand-père de Claude donnait un coup de main au mien pour sarcler les pommes de terre et ramasser les doryphores. Le pauvre vieux, pas entraîné, avait l'air de souffrir des reins. Fourreur à Paris il n'était pas spécialiste de la pioche, et courbé sur la terre, le bigo(*) entre les mains, il avait du mal à se relever. De temps en temps, pour lui remonter le moral, grand-père l'invitait à boire un

(*) Bigo : pioche à deux dents.

coup de rouge, lui tendant la bouteille il lui lançait : « Buvez un bon coup, ça va vous remettre ». L'autre souriait, ils avaient l'air de bien s'entendre.

Un soir, avant de souper, grand-père qui fumait une cigarette sur la terrasse, me fit signe d'approcher et me dit :

- Demain, le voisin Marbly doit tuer un mouton et nous donner la tête pour aller pêcher les écrevisses, tu prépareras les balances et le sac de jute. Je propose d'y aller le soir, vers neuf heures, avec Claude et son grand-père.

Comme prévu, le lendemain, nous partons tous les quatre pour la Prade, un coin de la Couze, à deux kilomètres, avec cinq balances, une lampe à acétylène et les morceaux de viande parfumés à l'anis.

Claude est content de faire partie de l'expédition, son grand-père aussi.

Il nous fallut à peu près une heure pour être sur place, préparer les balances et le bâton fourchu qui permet de les mettre dans le ruisseau, sur les bords, juste à côté des souches.

La pêche est interdite la nuit car c'est le moment où les écrevisses sortent de leurs trous pour aller manger. Ce soir-là nous n'avions pas peur d'être verbalisés par les gendarmes car nous pensions qu'ils avaient d'autres chats à fouetter.

À plat ventre dans l'herbe, la tête au ras du bord, Claude et moi, en écarquillant les yeux, regardions la rivière pour voir si les balances se remplissaient. Peine perdue, la nuit était trop sombre.

Le ciel était nuageux et l'orage menaçait, c'était excellent pour la pêche, mais il fallait se résoudre à patienter sans rien voir.

Toutes les demi-heures, grand-père – qui avait une pendule dans la tête – après avoir allumé la lampe, donnait l'ordre de relever les balances, l'une après l'autre, sans précipitation. Dès qu'elles étaient sur le pré, les écrevisses s'échappaient dans l'herbe d'un puissant coup de queue. Il fallait faire vite pour les récupérer en prenant bien soin de ne pas se faire pincer les doigts.

Avant de partir j'avais fait la leçon à Claude :

- Quand elles sont sur leurs pattes, tu les prends sur le dos, entre le pouce et l'index. Si elles ont les quatre fers en l'air, tu commences par les retourner avec un petit bâton avant de les choper. Fais gaffe, si tu te fais pincer ça fait mal !

Coquet, évidemment de la partie, était prudent, car il s'était déjà fait pincer le museau. Assis à deux mètres, il nous regardait, l'air amusé, remplir le sac de jute. Pratiquement à chaque levée, par balance nous prenions une douzaine d'écrevisses.

Grâce au temps orageux, la pêche était vraiment bonne ce soir-là. À minuit nous avions nos trois cents écrevisses. Quand nous arrivions à ce nombre grand-père donnait le signal du départ.

Avant de rentrer à la maison il fallait passer mettre les écrevisses dans le vivier de la Gravette
construit par mon grand-père avant la guerre de 14. C'était un bassin en pierre de taille, de deux mètres sur deux, recouvert d'un treillis à mailles fines, alimenté par un filet d'eau qui sortait du rocher dix mètres plus haut. La source qui ne tarissait jamais renouvelait sans cesse l'eau du vivier.

Avec un peu de nourriture apportée toutes les semaines par grand-père, elles pouvaient vivre dans ces conditions pendant des mois.

De temps en temps nous venions en chercher pour les manger ou les vendre.

De juin à septembre, grand-père et moi allions à la pêche tous les quinze jours pour maintenir la population du bassin aux environs de cinq cents crustacés.

23 juin 1940.

Aux informations du matin :

- « Hier au soir, 22 juin à 19 heures 30, à Rethondes, le général Huntziger pour la France et le général Keitel pour l'Allemagne ont signé l'armistice. Le territoire français sera divisé en deux zones. La plus vaste, au nord, sera occupée par la Wehrmacht qui n'interviendra pas dans l'administration de cette zone mais dans laquelle les fonctionnaires français collaboreront avec les autorités allemandes. Dans la plus petite, au sud, réduite aux 2/5 du territoire, le gouvernement français aura toute souveraineté. La ville de Bordeaux étant maintenant en zone occupée, le gouvernement français va s'installer à Vichy ».

En métropole la défaite était consommée.

- « Ceux qui veulent continuer la lutte doivent rallier le général de Gaulle » expliquait grand-père. D'après lui, la France qui venait de perdre cette première bataille, pouvait, avec son Empire et ses alliés, prétendre à la victoire.

Le grand-père de Claude, sceptique, voyait mal ces militaires en déroute se ressaisir et rejoindre les rangs du général de Gaulle pour poursuivre la lutte armée. Il les voyait plutôt rester dans la légalité facile incarnée par le Maréchal.

« Nous rentrons, dit-il, dans un long tunnel de souffrance et de déshonneur ».

1er juillet 1940.

Le gouvernement, après avoir réquisitionné les grands hôtels, s'installa à Vichy.

La radio précisait :

- « Le Maréchal de France, chargé par l'Assemblée nationale de rebâtir moralement et matériellement le pays, est logé dans un petit appartement à l'Hôtel du Parc. Dans des conditions matérielles difficiles, depuis qu'il a fait don de sa personne à la France, il travaille sans relâche à son redressement ».

La propagande pointait son nez.

En zone libre nous nous sentions protégés, à l'écart du conflit, tout semblait rentrer dans l'ordre.

Les Parisiens parlaient de repartir chez eux mais il restait un obstacle majeur : le moteur de la 201 n'était toujours pas réparé. Le garagiste de Couze, en cette période troublée où tout était désorganisé, avait du mal à trouver une durite adaptée. Il avait téléphoné à trois collègues qui lui avaient promis de le rappeler.

J'espère, disait-il, « une réponse dans la semaine », mais les semaines passaient et…

L'année scolaire se terminait, depuis le 12 juillet, nous n'avions plus de cours et passions notre temps à balayer la classe, le préau, la cour, et à faire le jardin de l'institutrice. Les plus grands sciaient du bois pour l'hiver et l'entassaient avec soin sous l'appentis qui jouxtait le préau dans la cour.

Nous n'avions qu'une chose dans la tête : « dans deux jours nous serons en vacances pour trois mois ».

Claude qui, depuis début juillet, venait avec moi à l'école, n'avait plus le moral et restait triste dans un coin de la cour. Le retour à Paris, prévu par son grand-père, le désolait.

J'essayais de le réconforter.

- Tu sais, il faudrait que tu restes ici jusqu'au 15 août. Fin juillet commencent les battages, tu n'as jamais vu ça, c'est formidable ! Si tu es encore là nous irons chez Mayut, le copain de mon pépé. La batteuse y reste deux jours. On fait un repas normal à midi et un gueuleton le soir. Les hommes qui ont bien bu chantent. Nous on sert à boire. C'est vraiment chouette, tu verras !

- J'aimerais bien, mais mon grand-père semble décidé à partir. Il ne veut pas abuser de l'hospitalité qui nous est offerte. Je ne vois pas comment je peux retarder notre départ, ma mère a le même avis que lui.

- J'ai une idée ! On pourrait peut-être s'arranger pour retarder la réparation de la bagnole. Je connais bien le fils du mécanicien, je peux lui demander d'égarer la durite pendant quelques jours. C'est un vrai bordel dans le garage! Il pourra sans difficulté la dissimuler sous une ferraille sans que son père – qui cherche sans cesse la clé qu'il vient d'utiliser – se doute du coup. Jean-Pierre est un type gonflé, si je le lui demande, il le fera. Demain soir il faudra trouver un prétexte pour aller à Couze. Je dirai à ma mère qu'il y a longtemps que je n'ai pas vu mon parrain et que j'aimerais lui rendre visite. Peut-être que ça marchera ! On proposera de faire les courses chez Angèle à Bourzac en passant, ça devrait faciliter les choses.

14 juillet 1940.

À 11 heures, le maire Lorichan, mon grand-père, Le Guen capitaine de vaisseaux, Planchin le boulanger et Dumori le maréchal-ferrant, se sont retrouvés au monument aux morts pour déposer une gerbe. Claude et moi étions là dans un coin de la place. Les hommes, au garde-à-vous, ont observé une minute de silence après que grand-père, le plus ancien, médaille militaire et croix de guerre sur la poitrine, eût déposé la gerbe au pied du monument. Puis, Le Guen, le plus gradé, s'est avancé d'un pas et regardant ses camarades, toujours au garde-à-vous, a dit à haute voix :

- « Tous au combat ! Vive la France ! ».

A 11 heures et demie nous étions chez Combe le bistrotier pour boire le pastis de l'amitié, Claude une grenadine et moi une menthe à l'eau.

Notre stratagème avait bien fonctionné, fin juillet la voiture n'était toujours pas réparée, alors nous allions faire les battages chez Mayut.

Les choses se présentaient bien.

Trois jours de fête en perspective !

Le convoi avait attaqué la côte de la Beynerie à 7 heures.

En tête, la batteuse tirée par deux paires de bœufs, suivie à cent mètres par la locomobile, elle aussi tractée par quatre bœufs. Puis venait une charrette remplie de courroies, de cales et de leviers.

Une vingtaine d'hommes, discutant de la pluie et du beau temps, fermaient la marche.

Claude, que j'avais dû réveiller pour assister au spectacle, était content de voir passer cette troupe.

- Dans dix minutes, en prenant le raccourci, nous serons à la ferme pour les accueillir.

- Soyez de retour au plus tard à neuf heures ce soir. Après je vais m'inquiéter. Bernard je compte sur toi ! ... dit ma mère.

Nous partîmes en courant... heureux !... En chantant !

La batteuse était installée près de la grande meule de gerbes, les roues calées par d'énormes sabots de bois fixés au sol par des aiguilles métalliques de plusieurs centimètres de diamètre. Il fallait éviter à la machine de se déplacer, ne serait-ce que de quelques centimètres, lorsque l'immense courroie, de plus de vingt mètres, qui la reliait à la locomobile, exercerait une force de traction de plusieurs centaines de kilos.

J'avais vu l'an dernier, chez Carpo à Biot, une courroie s'envoler en zigzaguant dans l'air, créant la panique dans les rangs des ouvriers qui travaillaient tout près.

L'accouplement batteuse-locomobile était toujours un travail réservé au maître de machine qui avait la tâche délicate, quelle que soit la configuration du terrain, d'aligner les poulies de la batteuse et de la locomobile.

- Bernard, tu sais comment ça marche une locomobile ?

- Pas trop. Si tu veux on va demander au mécanicien, je le connais, il vient quelquefois à la maison voir grand-père.

Le mécanicien était un grand type maigre, toujours vêtu de bleu, une burette d'huile à la main.

- Bonjour monsieur, je suis le petit fils d'Arthur, est-ce qu'on peut vous poser une question ?

- Bien sûr.

- Comment ça marche une locomobile ?

- C'est un peu compliqué à expliquer, mais je vais essayer. Quand on met une casserole d'eau sur le feu, au bout d'un certain temps, l'eau se met à bouillir et se transforme en vapeur. Dans la locomobile c'est la même chose, à grande échelle bien sûr ! Vous voyez, ici au-dessus du foyer que j'alimente en bois, cette grande cuve métallique c'est le "bouilleur". C'est une grande casserole qui transforme l'eau en vapeur. À la sortie, par ce tuyau on envoie la vapeur dans ce cylindre muni d'un piston. Vous savez ce que c'est qu'un piston ? C'est comme dans les pompes de bicyclettes. Sous l'action de la vapeur le piston se déplace entraînant en rotation, par un système bielle-manivelle, le grand volant sur lequel on met la courroie. Vous avez compris ?

- Presque, mais je sais pas ce que c'est un système bielle-manivelle !

- Alors là !... Les choses se compliquent ! Il faudrait que je prenne un papier et un crayon pour faire un croquis mais ici je n'ai rien sous la main. Demain je vous apporterai un schéma de principe que j'ai chez moi et vous expliquerai tout ça. Revenez me voir vers dix heures j'aurai une bonne demi-heure à vous consacrer.

- Merci, monsieur !... Nous serons là ! Maintenant nous allons aider Fernande à distribuer la boisson.

Nous avons passé la journée à servir à boire : de l'eau quelquefois, mais surtout du vin... beaucoup de vin !... Et le soir, la demi-barrique était presque vide... cinquante litres !

Les hommes, un béret sur la tête et un mouchoir autour du cou pour se protéger de la poussière, s'interpellaient en occitan, ce patois gallo-romain que Claude ne comprenait pas et qui était notre langue maternelle. À l'époque, la France du Sud n'était pas la France du Nord, ici dans le Sud on parlait occitan, surtout les vieux. Le français c'était la langue de l'école et des bourgeois. Nous, les jeunes de la campagne, étions bilingues et suivant les circonstances utilisions l'occitan ou le français. Claude était épaté par la facilité avec laquelle nous passions d'une langue à l'autre.

La fête battait son plein. Dans le grand hangar à tabac, le repas se terminait par des tourtières et du vin blanc de Monbazillac. Les hommes qui avaient bien mangé et bien bu chantaient : *« lavin rédo, lavin rédo... », « quey intal qué nous lo fal... »* répondaient les femmes.

La fumée et le mauvais éclairage donnaient à la scène un côté mystérieux et théâtral. Difficile pour nous de quitter ce lieu qui nous remplissait le cœur et les yeux de bonheur et de vie.

À contrecœur nous sommes rentrés à la maison à neuf heures, comme nous l'avions promis à ma mère.

Le lendemain la mère de Claude nous annonçait que la voiture était réparée et qu'elle avait obtenu les trois sauf-conduits obligatoires pour retourner en zone occupée. Triste nouvelle !... Elle fixait le départ au lundi suivant, le temps de faire les valises et de nettoyer le logement pour que grand-père puisse s'installer à nouveau chez lui.

- Claude, avant de partir, il faut absolument que tu fasses une descente en pneu. Je t'en ai parlé l'autre jour à la Beynerie, tu te souviens ? Comme nous avons deux jours avant que tu partes, nous mettrons ça au point ce soir en allant chercher le lait. Il faut que Pierre soit là pour tenir le pneu au départ. C'est lui le spécialiste du lancement.

Pierre et moi avions trouvé un gros pneu usagé chez le ferrailleur Bernis qui était aussi camionneur. Un gros pneu de camion de trente tonnes dans lequel, si on le maintenait vertical, un gamin de notre âge pouvait prendre place, la tête inclinée vers l'avant, les bras croisés, les jambes repliées, maintenu sur les côtés par les flancs latéraux.

Lorsque le pneu roulait sur une pente inclinée, la vitesse augmentant nous étions plaqués par la force centrifuge contre l'intérieur de l'enveloppe ce qui avait pour effet de nous maintenir sans avoir besoin d'être attachés. Le problème capital, que nous avions rencontré au début de nos essais, était celui de l'arrêt en souplesse de l'équipage lancé sur une pente, à trente degrés, de plusieurs centaines de mètres.

Après quelques jours de recherche et de réflexion nous avions choisi le pré de Tavane à la Beynerie qui avait la bonne longueur, trois cents mètres, un dénivelé de cent cinquante mètres... acceptable, mais avec un inconvénient, qui était de taille !... À mi-pente, en plein milieu, un poteau électrique en béton... du solide !... Tout crash sur le poteau nous conduirait à l'hôpital !... Le terrain n'était pas idéal, mais, dans la commune rien de mieux. La solution ?... Choisir un point de départ qui nous garantirait une trajectoire sans obstacle. Seuls des essais pouvaient confirmer ou infirmer le bon choix que nous avions fait.

Pour reproduire les conditions réelles nous avions placé dans le pneu trois grosses pierres qui correspondaient sensiblement à notre poids. Après une matinée d'essais le point de départ était choisi et matérialisé par un bâton fixé en terre. En bas de la pente et c'est ce qui avait justifié le choix du site, une haie épaisse faite de ronces, genévriers et noisetiers arrêtait sur environ cinq mètres le bolide lancé à grande vitesse. Restait à franchir le pas, à remplacer les pierres par l'un de nous. Qui serait le plus fou pour monter dans l'engin ?... Seul le tirage au sort pouvait en décider. C'est Pierre qui eut le privilège de commencer. Je tenais le pneu bien verticalement et en se contorsionnant il se glissa à l'intérieur.

- T'es prêt ?

- Oui.

- Je lâche ?

- Oui.

- C'est parti !

Par gravité, doucement d'abord, puis accélérant de plus en plus, la grande roue noire avait dévalé la pente sur la trajectoire prévue.

Je retenais mon souffle, regardant le bolide s'éloigner puis, pensant que Pierre aurait quelques difficultés pour s'extraire de l'habitacle, je courais à perdre haleine vers la haie.

- T'as rien de cassé ?

- Non !... C'est vachement bien, tu vas voir.

Nous venions d'inventer un manège magnifique qui allait régaler nos copains de la vallée. Nous nous demandions si Charlotte serait assez gonflée pour monter dedans.

Trois jours après Charlotte avait été assez gonflée !

Claude ne pouvait pas repartir à Paris sans avoir, au moins une fois, fait « la descente de la mort » comme nous l'appelions. Il pourrait raconter à ses copains comment, maîtrisant sa trouille, il avait foncé dans le vide dans un grand tourbillon de lumières.

Tout était prêt, la radio répétait que : « le calme régnait dans la capitale, le travail avait repris dans les usines, le théâtre de l'Œuvre avait rouvert avec Juliette, comédie de Jean Bassons... ». Rien ne pouvait maintenant retarder le départ des Parisiens.

Avant de monter dans la voiture, Claude, la larme à l'œil, m'avait donné ses bottes de cheval, pour me remercier des bons moments qu'il avait passés avec moi. De magnifiques bottes en cuir rouge qu'il avait minutieusement astiquées.

La voiture s'était éloignée sur la route blanche et après un petit coup de "klaxon" au tournant avait disparu derrière le talus. C'était la dernière fois que je voyais Claude, le destin allait nous séparer pour toujours.

En 1942, au Vel'd'Hiv', avec sa mère et son grand-père, il fut embarqué pour l'éternité par des gendarmes bien pensants, lui, le pauvre gamin, qui ne savait pas ce que juif ou catholique voulait dire, parce qu'il était né du mauvais côté de la barrière.

- Claude, toi qui aimais tant les étoiles, tu es sûrement là-haut d'où tu nous regardes, en souriant, en pensant à toutes ces religions qui asservissent les hommes… pour mieux les détruire!... Moïse !... Jésus-Christ !... Mahomet !... Les autres !… Les guerres !… Les morts !… Le malheur !...

« Les hommes ne font jamais le mal si complètement et joyeusement que lorsqu'ils le font par conviction religieuse.»

Pascal

3

C'était l'été, j'étais seul et triste, mon copain Claude venait de partir.

L'après-midi il faisait une chaleur torride et comme je n'aimais pas faire la sieste sur mon lit, au grand désespoir de ma mère, je partais au bord de la rivière sous les grands frênes où j'avais un coin bien à moi, près de la « gourgue » de Sivadon.

Je pouvais rêver, allongé dans l'herbe, le couvert des frênes tamisait la lumière qui tombait en petits ronds entre les feuilles et dessinait des fleurs blanches sur mon corps. Coquet, couché sur le flanc à côté de moi, semblait apprécier la quiétude des lieux. Nous étions bien…

Une gourgue est un endroit où la rivière est plus profonde sur une longueur d'une vingtaine de mètres environ. Elle a deux mètres de profondeur alors que la profondeur moyenne de la rivière n'est que de cinquante centimètres. C'est une vraie piscine naturelle, parfaite pour se baigner.

À quatre heures, finie la sieste !... Coquet et moi sautions à l'eau, pour nous rafraîchir bien sûr, mais aussi pour rivaliser de vitesse. Une vraie joute sportive s'engageait, c'était à celui qui, partant du banc de sable, arriverait le premier à la racine d'en face. Coquet n'aimait pas perdre et chaque fois que je le dépassais il me sautait dessus pour me faire couler. Nous jouions ainsi à en perdre haleine jusqu'à ce qu'épuisés, lui les pattes en l'air et moi les bras en croix nous nous écroulions dans le pré pour prendre le soleil.

Nous étions heureux !... Les oiseaux chantaient !... Le temps s'arrêtait pour nous regarder vivre !

Vous pensez que je suis un peu romantique ?... Peut-être!... Mais croyez-moi !... C'était le bon temps !... Le vrai bon temps !...

La Couze est une rivière de première catégorie comme disent les pêcheurs, l'eau est... claire... froide... 15°... rapide... oxygénée !... C'est le royaume des truites farios qui se cachent sous les souches et chassent... dans les courants... les remous... sous les troncs... dans les herbes !...

Comme la vitesse de l'eau diminue très sensiblement dans la gourgue et qu'elle est plus profonde que la rivière en aval, le sable alluvionnaire se dépose dans la cuvette et en tapisse le fond, c'est le royaume des goujons endormis… pas complètement!… Juste d'un œil !… Pour foncer sur les proies qui passent !… Toujours par petits groupes… Quatre !… Cinq !… Au soleil !… La tête vers l'amont !… Le ventre sur le sable !… La queue qui ondule doucement… ils font la sieste !… Je les regarde !… Ils sont bien !… Ils rêvent à de petits vers roses qui viendraient, portés par le courant, s'échouer devant eux…

Ce goût pour les petits vers roses est leur talon d'Achille, car il suffit de faire descendre doucement l'hameçon recouvert d'un petit ver, juste devant leur nez, pour que, brusquement, comme s'il était dynamité le poisson fonde sur l'appât. Le jeu est cruel, sans intérêt…

Je préfère garder mon temps et ma « science » pour pêcher les truites, ce qui n'est pas aussi facile.

Attraper une fario de plus d'un kilo dans la Couze est un véritable exploit. Seuls ceux qui connaissent parfaitement la rivière et qui ont été initiés par les anciens sont capables d'y parvenir. Les grosses truites ne sont jamais dans les rapides, il faut les chercher dans les endroits profonds… au pied des chutes… où le courant vient mourir sous les racines… là… dans l'ombre !… On ne les voit que très rarement, elles restent cachées le jour et chassent à la tombée de la nuit… elles sont prudentes et capables de détecter le moindre danger.

La seule période où on peut les prendre facilement c'est au printemps, lorsque la rivière est en crue… l'eau boueuse !... Un gros ver de terre de quinze centimètres de long sert d'appât. Avec une force à casser la canne… à vous arracher le bras… la truite avale le ver et tire sur le fil !… Votre cœur bat si fort que vous en oubliez de ferrer… mais ce n'est pas grave !… Elle est si violente, si excitée qu'elle se "ferre" toute seule.

L'été, lorsque l'eau est claire comme du cristal et que le soleil brille, « c'est une autre paire de manches » comme dit mon copain Antoine Marbly qui, bien qu'un peu plus jeune que moi, est mon maître à pêcher.

Il connaît la rivière comme sa poche… courants… souches… herbiers… rochers… cascades… rien ne lui échappe.

La dernière fois que je l'ai vu, il y a deux jours, chez Levade, il m'a dit qu'il avait su par Degraze, un très grand pêcheur de truites, qu'il y aurait, paraît-il, une truite énorme dans la gourgue juste sous le pont de la Taillade et qu'il faudrait qu'on s'en occupe.

Pour nous qui n'étions pas motorisés, la difficulté était que le pont de la Taillade se situait, en bas de la côte de Beaumont, à environ cinq kilomètres. La distance ne nous faisait pas peur car nous avions l'habitude de marcher, mais nos parents n'étaient pas forcément d'accord pour qu'à notre âge, en fin de soirée, ou le matin de très bonne heure, nous fassions une expédition aussi lointaine.

La première des choses pour moi était de convaincre ma mère et lui son père, qu'il était « vital » pour nos familles que nous attrapions un tel poisson. La partie n'était pas gagnée d'avance, il était plus difficile d'obtenir l'autorisation que de capturer le monstre.

Trois jours plus tard, Antoine en avait parlé vaguement à son père, en lui vantant l'intérêt d'une telle prise. Il n'avait pas essuyé un refus ferme, c'était bon signe et il allait remettre ça dans quelques jours.

Quant à moi je préférais passer par grand-père, qui connaissait les « affaires » de la pêche, pour lancer la conversation sur le sujet lors d'un repas. L'entrée en matière serait plus facile et peut-être que bien épaulé par lui, je réussirais mon coup !

Ma mère n'était pas une femme facile à convaincre, mais si son père plaidait en ma faveur je pourrais finir par l'emporter.

Le soir même, au milieu du repas grand-père se mit à parler de la pêche à la truite :

- Nous approchons du premier dimanche d'août, jour de la fête votive. Je sais bien que nous sommes en guerre, qu'il n'y aura ni bal, ni manège, mais nous avons bien le droit, et je dirais même le devoir, de faire un repas amélioré. Il me reste quelques bonnes bouteilles de blanc sec qui mériteraient d'être bues en mangeant une fario. Le problème évidemment c'est que nous n'en n'avons pas. Bernard, tu ne vois pas la possibilité d'en attraper une, toi qui es toujours "fourré" au bord de la rivière ?

- Peut-être que j'ai un tuyau !... Antoine m'a dit qu'il y en avait une dans la gourgue au pont de la Taillade, mais je ne l'ai pas vue Une énorme comme on en voit rarement. Il le sait par Degraze, mais ça reste à vérifier. Je le contacterai demain matin et, s'il a le temps nous pourrions y faire un saut demain soir.

- Ça fait loin, dit ma mère, et puis à la Taillade c'est le pont de la nationale, si les gendarmes passent, vous risquez de vous faire pincer.

- T'en fais pas maman, les gendarmes ne courent pas après les gamins qui pêchent. D'ailleurs le pré qui borde la gourgue est en contrebas, et avec les arbres il serait très difficile de nous voir depuis la route. Comme la truite est sous une souche sur le bord, nous n'emporterons, comme canne, qu'un bambou de moins de deux mètres. C'est tout petit, ça passe inaperçu !

- Qu'est-ce que tu en penses, papa ? dit ma mère.
- Ça ne risque rien. On peut leur faire confiance.

- Bon d'accord ! Mais ne rentrez pas plus tard que huit heures, quoi qu'il arrive... sinon fini pour la prochaine fois !

Mon grand-père me fit un petit clin d'œil, l'affaire était dans le sac.

Le lendemain matin j'étais chez Antoine pour annoncer la bonne nouvelle. De son côté les choses n'étaient pas aussi avancées. Le père était rentré tard, fatigué. Antoine n'avait pas jugé bon d'aborder le sujet.

- Reviens à deux heures, je pense qu'à midi je pourrai convaincre mon père, d'autant mieux que tu as déjà la permission, ça me facilitera les choses. Essaye d'attraper trois grillons, moi je me charge des sauterelles.

Pour avoir une chance d'attraper une grosse truite il faut comme appât, en été, soit une grosse sauterelle noire, soit un grillon. La sauterelle noire est meilleure, mais elle est très difficile à trouver dans les prés de la vallée. Il faut qu'elle soit entièrement noire, si elle a les pattes rouges et le bord des ailes vert, elle ne convient pas. Le grillon c'est pas mal mais ça ne vaut pas une belle sauterelle noire. On passe le clou juste sous la collerette du dos, dans l'axe, entre les deux ailes en prenant soin de ne pas trop la blesser pour qu'elle reste bien vivante et continue à agiter ses pattes lorsqu'elle est pendue au crochet. Sur le crin(*), à trente centimètres avant le clou, on met un plomb de chasse double zéro pour qu'elle ne reste pas en surface mais coule entre deux eaux.

Sans bruit, à plat ventre sur la rive, le nez dans l'herbe, on laisse glisser l'équipage dans le courant. Entraînée par le plomb la sauterelle descend, une légère traction sur le fil permet de limiter l'enfoncement. Tout se fait sans voir, en contrôlant la traction du fil entre le pouce et l'index. L'imagination aidant, c'est très excitant, surtout lorsqu'on sent le poisson taquiner l'appât. À ce moment-là, on laisse glisser le fil entre ses doigts jusqu'au moment où la vitesse et la traction augmentant, il faut bloquer brusquement et ferrer d'un petit coup sec. L'intensité de la traction indique si le poisson est pris.

À deux heures j'étais à nouveau chez Antoine avec deux grillons que j'avais réussi à attraper en passant plus d'une heure à agiter une paille dans leurs trous pour les faire sortir.

Le jeu consiste à enfoncer une paille de petit diamètre dans le trou où se cache le grillon pour lui piquer les fesses. Agacé par cette agression permanente il finit par remonter au bord du trou.

(*) Crin : fil de pêche.

Bonne nouvelle ! Antoine avait obtenu la permission d'aller à la pêche à condition de ramener cinq kilos de son achetés au moulin de Bayac.

Le son, la partie la plus grossière du grain de blé moulu, mêlé à des orties, sert à faire la nourriture des canards. Les orties sont d'abord finement coupées dans une machine conçue à cet effet. Entraînés par des galets dentés, les saucissons d'ortie débouchent sur la face d'une lame circulaire qui, dans sa rotation, en découpe de fines tranches, produisant ainsi des milliers de petits bouts d'ortie qui tombent dans la bassine où, au préalable, on a mis du son mouillé au petit lait. Il suffit ensuite de bien mélanger le tout pour obtenir une pâtée que les canards adorent. Ma grand-mère m'embauchait souvent pour faire tourner le volant de la machine. C'était pénible et fastidieux, mais je n'avais aucun moyen de me soustraire à cette corvée, grand-mère me le demandait si gentiment...

- On part dans dix minutes, me dit Antoine, le temps que je vérifie ma ligne. J'ai acheté chez la Lili du crin de dix kilos, ça m'étonnerait qu'avec ça la truite nous pète ! Règle le frein du moulinet au milieu, car, si on a la chance de la ferrer, le démarrage ne sera pas piqué des vers; il faudrait pas qu'elle nous casse !

- Je vais quand même garder le moulinet serré pour la tenir et éviter qu'elle parte sous une souche. On ne pourrait plus la faire sortir.

- Tu as raison.

- On va d'abord passer chez le meunier pour acheter le son. On le cachera près de la fontaine du château. Je connais un endroit. Comme ça, au retour, s'il est tard, nous n'aurons pas d'explications à donner à Jeanne qui est curieuse comme une pie.

- On devrait aussi prendre des petits vers, car si on n'a pas la truite, on attrapera quelques goujons en passant aux Jeanblancs. Ça nous évitera de rentrer bredouilles !

Le moulin de Bayac, situé juste sous le château, appartenait au châtelain Dumalpech, un type pas très aimé de la population, directeur d'un journal à Paris, proche de Pétain et qui venait d'accueillir le généralissime Gamelin en fuite.

Le meunier était un vieil homme à qui il manquait un bras. Il était gentil mais ne parlait pas beaucoup. Par contre, sa femme Jeanne était une vraie pipelette qui me posait des questions embarrassantes et voulait toujours m'embrasser quand elle me rencontrait... elle avait le menton qui piquait !... L'horreur ! Heureusement, de temps en temps, elle me donnait quelques sucreries, ça compensait !

Ce qui m'intéressait au moulin, c'était le monte-sac hydraulique dans l'entrée. Le « dernier cri de la technique », comme disait le meunier.

Deux cordes descendaient du plafond en passant au centre d'une trappe à deux battants. Le sac de blé, qui faisait généralement quatre-vingts kilos, était attaché à la plus grosse, et en tirant légèrement sur la plus petite, on voyait le gros sac s'élever dans les airs. Un vrai miracle !

J'avais tiré moi-même sur la corde la dernière fois que j'étais venu, mais au lieu d'un sac c'était Victor le commis meunier qui servait de charge. En quelques secondes il était arrivé au premier étage. Nous avions attendu que le meunier ne soit plus là pour tenter cette manœuvre dangereuse.

- Alors les enfants, dit le meunier, vous allez à la pêche, vous avez l'air bien équipés !

- Oui, on va essayer d'attraper des gardèches et des goujons du côté de la Prade. Grand-père dit que c'est un bon coin et comme aujourd'hui il fait un peu orageux on a des chances d'en piquer.

- C'est vrai que vous avez perdu votre bras à Verdun ?

- Non, pas à Verdun, je l'ai perdu en 1916 à Saint-Mihiel, une petite ville de la Meuse pas très loin de Verdun. C'était le six août vers huit heures, toute la compagnie était alignée dans une tranchée, baïonnette au canon. Depuis près de deux heures, notre artillerie tirait sur les Allemands, nous attendions l'ordre de monter à l'assaut. Soudain le capitaine a levé le bras et, brandissant son révolver, nous a entraînés vers les lignes ennemies. Un déluge de feu s'est abattu sur nous, et avant d'avoir compris ce qui m'arrivait, je me suis retrouvé au fond d'un trou d'obus, un bras en moins. Avec celui qui restait je tâtais les autres parties de mon corps pour voir si je n'étais pas complètement démoli, puis, j'ai perdu connaissance et je me suis réveillé dans un hôpital allemand, emmailloté dans des bandes du cou à la ceinture. Je souffrais beaucoup du bras droit, celui qui me manquait, et ne comprenais rien à ma situation. Plus tard un officier interprète est venu me voir et m'a dit ce qui s'était passé. Les Français avaient été repoussés par les Allemands, si bien qu'à la fin de l'attaque j'avais été ramassé par des brancardiers allemands, puis amputé dans leur hôpital de campagne.

J'ai fini la guerre comme prisonnier dans une ferme de la Forêt Noire.

Vous voyez ! Les Allemands peuvent être de braves types, c'est dommage qu'ils aient encore un chef comme Hitler ! Nous allons être obligés de les combattre à nouveau. Je souhaite que vous ne souffriez pas trop de cette guerre. Allez, partez vite à la pêche et attrapez beaucoup de poissons, je crois que je vous tiens des propos trop sérieux.

- Vous êtes un héros, vous devez avoir beaucoup de médailles ?

- Effectivement j'en ai trois, mais, vous savez, je préfèrerais avoir mon bras et ne pas avoir connu cette saloperie de guerre. La guerre est faite par des hommes qui n'en veulent pas, pour des hommes qui ne la font pas.

Regardez en ce moment, je ne devrais pas parler comme ça à des enfants, mais je vous sais intelligents et assez grands pour comprendre. Le généralissime commandant l'armée française est planqué au château, juste au-dessus de chez nous, alors que de pauvres soldats se font encore tuer sur la Loire pour essayer d'arrêter l'ennemi.

C'est une honte ! Vous comprenez, j'en suis sûr, que la guerre est une folie.

Cette conversation avec le meunier nous avait retardés mais nous n'étions pas pressés, la pêche ne serait bonne qu'en fin d'après-midi.

Nous repartions côte à côte, songeant aux propos du meunier, quand Antoine, se tournant vers moi me dit :

- On peut s'arrêter boire un coup à la fontaine de Combe-Molière, pas la grande, la petite, celle qui est à l'entrée de la grotte.

- Si tu veux ! Ça tombe bien, j'ai un peu soif.

- C'est dommage qu'on n'ait pas le temps de visiter la grotte, on aurait pu aller voir les chauves-souris, elles doivent toujours être aussi nombreuses dans le trou du fond.

- Tu te rappelles quand Albert avait voulu les faire sortir en plein jour en tapant dessus avec un bâton. Elles l'avaient complètement recouvert, j'ai cru qu'il allait clamser de trouille.

- Un vrai con ce mec ! Il avait fait dans son calcif!

- Ton père parle de la guerre ?

- Non, jamais. Comme il a été démobilisé il y a quinze jours, il doit penser que c'est fini. En réalité j'en sais rien. Tu sais bien que mon père n'est pas très bavard. Il nous a raconté en rentrant, qu'il avait failli se faire prendre par les Allemands dans la Somme mais que grâce à son sergent, qui était un malin, ils étaient restés planqués dans un champ de maïs, sans ouvrir le feu sur la colonne allemande qui passait.

À la tombée de la nuit, lorsque tout était redevenu calme, le sergent leur avait donné l'ordre de se disperser et de tenter de regagner les lignes françaises par leurs propres moyens. Avec son copain d'Angers, mon père avait réussi à franchir les lignes allemandes pour rejoindre le gros de sa compagnie. Deux jours plus tard, il était reparti pour Châteauroux, Limoges et Mont-de-Marsan où il avait été démobilisé.

Voilà tout ce que je sais. Peut-être qu'un jour il en dira plus.

Et toi ton père ?

- On n'a pas de lettre. On sait qu'il est prisonnier, par son copain Rhude qui a réussi à se tirer et a écrit à ma mère. Depuis, rien !

Ma mère est inquiète, mais elle n'en parle pas. Moi ça m'emmerde car j'aime mon père et je voudrais bien qu'il revienne, il est moins gueulard que ma mère, avec lui je peux discuter.

D'après mon oncle Filon, la guerre sera de courte durée et les prisonniers rentreront rapidement. J'espère qu'il a raison, mais, je n'ai pas bien confiance en sa prédiction... c'est toujours ce qu'on dit au début d'un conflit ! Le maire s'est renseigné à la préfecture, il dit que dans un mois nous devrions avoir un avis officiel.

- Quand on va passer à Bannes, si je vois le père Poucha, le régisseur du château, je me ferai connaître. Je lui dirai que je m'appelle Marbly. Comme c'est un copain de mon père, j'espère qu'il nous donnera des pêches. Ça serait chouette pour le quatre heures !

- Tu rêves mon vieux, il n'est peut-être pas aussi généreux que tu dis !

- Si, c'est un brave type, il donne souvent des légumes à mon père.

Arrivés sous le château, près du petit pont de pierre qui enjambe la Couze, un grand gaillard à la moustache début de siècle nous interpella :

- Alors les gars, on se promène ?

- Bonjour monsieur, nous allons à la pêche à la Taillade, près du moulin, il paraît qu'il y a des goujons, vous me reconnaissez ?... Je suis le fils Marbly.

- Ah ! C'est toi Antoine, il y a bien longtemps que je ne t'ai vu. Tu as grandi depuis que tu étais venu au château avec ton père. Tu te souviens, ma femme avait fait des crêpes et tu avais aimé ça !

- Oui, c'était fameux. J'en avais ramené trois à mon petit frère qui avait apprécié.

- Vous mangeriez pas une pêche, histoire de vous mettre en forme ?

- Si, si avec plaisir.

- Ce sont des pêches de vigne, les meilleures en cette saison, elles ne sont pas belles, mais vous allez voir, elles sont très bonnes. Antoine, ouvre ta musette que je t'en donne quelques unes !

- Merci, monsieur.

- Soyez prudents les enfants !... Bien le bonjour à ton père.

La route était encore longue avant d'arriver à la Taillade, mais à l'idée de ramener une truite aux dimensions extraordinaires, qui allait faire pâlir d'envie tous les copains, nous avions des jambes... et tout en marchant nous mettions au point la stratégie :

- Toi, me dit Antoine, tu resteras sur la rive droite du côté de la souche et tu finiras à plat ventre, sans faire de bruit. Je pense que le mieux est de mettre une sauterelle. Si elle n'en veut pas tu mettras le grillon. À mon avis, avec le temps qu'il fait, ça va gazer. Surtout, tu fais descendre très lentement le plomb. T'as bien entendu !... Fais pas le con !

- ...

- Moi, dès qu'on arrivera à la petite passerelle en bois de la Font-chaude, j'irai sur la rive gauche et me posterai sur le banc de sable, dans le tournant, juste en dessous de la gourgue. Si tout va bien, dès que tu l'auras ferrée, elle va descendre le courant et se planquer au fond de l'eau.

Tu la laisseras partir en retenant un peu pour la fatiguer. Putain !... Pourquoi je te dis tout ça ? Tu es aussi bon pêcheur que moi. Excuse-moi !... Je suis vachement excité à l'idée qu'on va lui faire sa fête.

Après un kilomètre de marche, nous arrivâmes au pied du grand peuplier de trente mètres de haut, où Pierre, en allant chercher un nid de pie situé au sommet, avait failli se tuer au mois de mai.

Lorsqu'il était à quinze mètres environ, les deux petites branches, sur lesquelles reposaient ses pieds, s'étaient cassées… heureusement !… Il avait eu le réflexe d'entourer le tronc de ses bras.

Il était descendu doucement en rabotant les branches jusqu'à dix mètres, et là, les bras meurtris et en sang, il avait lâché prise. La chute fut spectaculaire, mais, fort heureusement, il tomba dans la rivière très profonde à cet endroit. Il n'eut rien de cassé. Quel pot !

Une demi-heure plus tard nous étions au pont de la Taillade.

Ça s'était passé pratiquement comme Antoine l'avait imaginé, sauf que, lorsque j'avais fait couler la sauterelle, le monstre était sorti de dessous la souche, s'était arrêté à dix centimètres de l'appât et avait fait marche arrière. Mon cœur battait à se rompre : mordra, mordra pas ? Une seconde, deux secondes, trois secondes… l'éternité et puis, soudain , comme une torpille elle avait foncé sur la proie.

Le temps que je réalise qu'elle avait mordu, elle était déjà au fond de la gourgue.

- Je la tiens, je te dis que je la tiens.
- Fatigue-la, bordel !… Fatigue-la !, criait Antoine.

Le combat dura plus d'une demi-heure. La truite remontait le courant jusque sous le pont. Je la ramenais doucement en face d'Antoine, puis elle repartait à nouveau vers le pont. Je la ramenais à nouveau, et ceci jusqu'à ce que la pauvre bête fût épuisée.

Antoine, dans l'eau jusqu'aux cuisses… les manches retroussées… mouillé comme une soupe… avait fini par la saisir en passant ses mains dans les ouïes.

Maintenant, nous la contemplions sautant dans l'herbe en remuant la queue.

- Il faut l'assommer, criait Antoine pour qu'elle ne souffre pas.

Je m'étais chargé de la sale besogne.

- T'as vu ? Elle fait au moins soixante-dix centimètres, jamais je n'en avais vu une aussi grosse. Elle doit peser au moins six livres.

- Oh putain !… Quelle prise !

Nous la regardions en riant, en nous tapant sur l'épaule, et puis de temps en temps, nous la caressions, comme pour lui demander pardon de l'avoir tuée.

En rentrant nous nous sommes arrêtés chez Arsène le boulanger pour la peser.

- Sept livres ! Incroyable les gars, même à mon âge je n'avais jamais vu une truite aussi grosse dans la Couze. Vous allez pouvoir faire un bon repas demain pour la fête.

Vraiment, nous étions fiers, très fiers même, d'avoir réalisé un tel exploit.

4

4 août 1940.

Aujourd'hui dimanche c'est la fête au village, mais cette année avec la guerre, les forains ne sont pas venus.

Dans le pré, sous le château, entre la route et la rivière où tous les ans s'installaient le stand de tir à la carabine, les manèges pour les enfants et la guinguette pour les grands, c'est le désert.

C'est triste, mais on ne peut tout de même pas faire la fête alors que la France vient de perdre 92.000 de ses enfants, que 200.000 blessés peuplent les hôpitaux et que plusieurs millions de prisonniers sont partis pour l'Allemagne.

La municipalité a décidé d'autoriser le bistroquet à ouvrir son café et le jeu de rampeau pratiqué par les hommes exclusivement.

À côté du bistro, dans le fossé de la route parfaitement nettoyé, on met sur le sol une planche de vingt centimètres de largeur et deux mètres de longueur, et vingt mètres plus loin, toujours dans le fossé, on plante trois quilles en bois de trente centimètres de hauteur.

Le jeu consiste, en plaçant la pointe de ses pieds au début de la planche, à envoyer vers les quilles, en la faisant rouler, une grosse boule d'acier.

Avant de jouer il faut miser, mettre l'argent dans une boîte métallique tenue par le juge qui veille au bon déroulement des opérations. En général chaque joueur tire trois fois. Celui qui tombe le plus de quilles a gagné.

C'était un jeu que je trouvais un peu simpliste, mais les vieux y prenaient beaucoup de plaisir, plaisir caché que je méconnaissais sûrement à mon âge !...

Si les manèges ont été décommandés, il n'en est pas de même pour les repas en famille.

Ma mère a invité la famille Marbly : Antoine, son père, sa mère et son frère François. Comme ils ont une très grande poissonnière, ils sont chargés de faire cuire la truite.

Mon oncle Filon, ma tante Berthe et ma cousine Annette sont de la partie.

J'ai aidé ma grand-mère à dresser la table sur la terrasse couverte d'une magnifique tonnelle en fer forgé garnie de vigne vierge.

Aujourd'hui il fait très chaud, on est bien à l'ombre mais grand-père n'aime pas manger sous ces ombrages. Les petites fleurs blanches qui tombent du plafond et se noient dans sa soupe lui déplaisent beaucoup. J'espère qu'il ne va pas trop protester !

Ma grand-mère, c'est sûr, aura les arguments pour le convaincre, elle a toujours les bons, même si quelquefois c'est un peu tiré par les cheveux !

Je ne résiste pas à vous présenter le menu... de guerre !

Potage au vermicelle.

Truite au bleu, écrevisses de la Couze.

Poularde farcie aux petits légumes.

Salade verte.

Tourtière

La tourtière périgourdine est une tarte constituée d'une couche de pâte feuilletée, d'une couche de fruits couverte d'une deuxième couche de pâte. Les fruits, en général des prunes d'Agen, sont mis entiers dans la pâte.

Grand-mère la fait cuire dans une tourtière en fonte (récipient à fond plat de cinquante centimètres de diamètre), posée sur un lit de braises.

Vins : les crus de la vigne de mon grand-père.
Blanc sec de Biot 1929.
Rouge de Biot 1936.
Café et liqueurs.
Prunes à l'eau de vie.

À l'apéritif, il est de tradition, pour les hommes de boire un pastis, et pour les femmes de prendre du vin de noix fabriqué par grand-père avec du vin rouge, de l'eau-de-vie de marc de raisin et des bogues de noix.

Etant donné les circonstances, la conversation porte sur la guerre.

Mon oncle rapporte que, près de Sedan, son unité mal équipée a été balayée par les divisions allemandes. Le 13 mai elles ont fait une percée qu'elles ont immédiatement exploitée en se dirigeant droit sur Abbeville. Les Panzer-Divisions ont atteint la mer autour du 20 juillet et à la fin du mois elles avaient réduit la poche de Lille.

Selon Marbly, les généraux français abasourdis par la rapidité de manœuvre de l'armée allemande sont restés comme anesthésiés pendant plusieurs jours. Les ordres étaient contradictoires, on sentait bien qu'il n'y avait plus de plan d'ensemble…

Tu parles d'une volée !

Grand-père prétend qu'Hitler, tant qu'il avait la main, aurait pu nous repousser à coups de pied dans le cul jusqu'à la Méditerranée.

- Il ne l'a pas fait, tant mieux pour nous. Les deux zones sont une chance, évidemment il a gardé la meilleure. La zone libre va nous permettre d'organiser plus facilement la résistance dans le sud. Nous aurons Vichy sur le dos, il faut s'y attendre, mais ça sera plus facile qu'en zone occupée.

Je le répète, Hitler fait un mauvais calcul s'il croit qu'il va tenir la France sous son joug avec l'aide de Vichy et qu'il va pouvoir traiter séparément avec l'Angleterre. Les Anglais ne lâcheront pas, ce n'est pas leur genre. D'ailleurs j'en veux pour preuve qu'il ont attaqué et réduit l'escadre française à Mers-el-Kébir le 3 juillet. Ils ne veulent pas que la flotte française tombe entre les mains des Allemands.

Comme s'il ne pouvait pas attendre, le tribunal militaire de Vichy à Clermont-Ferrand vient de condamner à mort le général de Gaulle. De vrais idiots !

La résistance va s'organiser, c'est inéluctable.

- Arthur, dit Marbly, vous croyez que de Gaulle va pouvoir mettre sur pied une force suffisante pour peser sur le conflit ? J'en doute ! La France est à genoux. Tous les Français sont démoralisés, ce qu'ils souhaitent c'est un retour à la normale. Je les vois mal reprendre le fusil et remonter en ligne après la déculottée que nous venons de prendre.

- Mon oncle rétorquait : le grand-père a raison, je crois que la résistance va naître doucement et que dans quelques mois, une année peut-être, nous aurons des groupes armés qui s'opposeront à l'ennemi.

- Il faut faire vite, car, à mon avis, dit grand-père, les deux zones ne vont pas durer. Dès que les Allemands vont comprendre qu'ils ont fait une erreur ils vont envahir le sud.

Pour moi le grand point d'interrogation reste l'attitude future des communistes. Tant que le pacte germano-soviétique n'est pas rompu, ils ne bougeront pas, les ordres viennent de Moscou, et je vois mal les communistes désobéir. Mais, si les Allemands violent le traité, ils entreront dans la « danse ».

Enfin, nous verrons bien, et s'il le faut nous lutterons sans eux.

La conversation sur la guerre dura pendant tout le repas. Nous écoutions sans broncher en essayant de comprendre. Les femmes n'intervenaient que très peu. Seule ma mère, qui se faisait du mauvais sang pour mon père prisonnier en Allemagne, s'interrogeait sur la durée de la guerre en espérant qu'elle serait courte et qu'il reviendrait bientôt.

Vers quatre heures les hommes décidèrent de partir faire une belote chez Combe.

5

Septembre, mois des vendanges et de la chasse.

La chasse était fermée pour cause de guerre, toutes les armes avaient été réquisitionnées par Vichy. Mais, depuis juillet, grand-père, qui n'avait aucune confiance en les autorités, avait enterré son fusil, à au moins un mètre de profondeur dans la « castine »(*) de la carrière. Il avait fait faire, par Ritou notre cousin plombier, un étui métallique, dans lequel il avait mis son fusil, et qu'il avait rempli d'huile pour éviter la corrosion. La cachette était indétectable. Il pourrait ainsi très facilement le récupérer en cas de besoin.

Son expérience de la « der-des-ders » lui dictait de ne pas obéir à l'ordre de réquisition. Prudent, pour ne pas éveiller les soupçons, il avait remis aux autorités communales un vieux Le Faucheux(*) à percussion

---

(*) Castine : déchets de pierre calcaire.
(*) Le Faucheux : célèbre marque de fusil de chasse.

annulaire qui faisait plus de bruit que de mal et dont il ne se servait plus depuis longtemps.

Le seul moyen qui nous restait pour manger du gibier c'était de mettre des pièges et, comme je l'ai déjà raconté, nous n'allions pas, grand-père et moi, nous en priver.

La vigne de grand-père était située à environ trois kilomètres de la maison, au sommet d'une colline qui bordait la Dordogne qu'on apercevait au loin dans le Cingle[*] de Trémolat.

Exposée plein sud, avec un sol à la fois sableux et rocailleux, elle produisait un vin rouge charpenté et tannique comme on en rencontre dans le Bergeracois.

Mon père et grand-père avaient construit dans les années trente, tout en haut de la pente, une cabane en rondins de châtaignier et au toit de brande, pour mettre les outils, et être à l'abri les jours de pluie.

Sur le côté, la fagotière de sarments servait de lit à grand-père pour faire une sieste après les repas. Il prétendait que c'était sain et très bon pour ses rhumatismes, parce que bien sec et aéré. Ça faisait rire tout le monde mais personne n'osait le contredire.

---

[*] Cingle : nom du lieu où la rivière serpente. Le cingle est un serpent de grande taille (1,5 à 2 mètres) qui vit en Périgord.

Il avait creusé, à deux pas, une petite mare qui se remplissait l'hiver et lui fournissait l'eau pour préparer la bouillie bordelaise avec laquelle il sulfatait la vigne.

De la vigne, juste en face, on voyait à cinq cents mètres l'oppidum romain de Font-Blanque qui dominait un petit lac alimenté par une source qui ne tarissait jamais. C'est à cet endroit, près du lac, que le bouilleur-de-cru installait son alambic dès la fin octobre lorsque le vin était « écoulé »(*).

C'était un grand gaillard d'un mètre quatre-vingts, souriant et bavard, que grand-père aimait bien parce que, sous son air un peu rustre, il cachait une belle culture scientifique sur la chimie des alcools.

Il distillait les restes de raisin qu'on retirait du tonneau après la fermentation pour en faire une eau-de-vie qui pesait environ quarante degrés.

C'était buvable, quelquefois ça devenait bon si on la laissait vieillir plusieurs années dans un fût de chêne comme le faisait grand-père.

Après cette maturation, il l'embouteillait, et pour les "grands crus", ajoutait dans chaque bouteille quelques grains de genièvre.

(*) Écouler : faire couler le vin hors du tonneau lorsque la fermentation alcoolique est terminée.

Il appréciait cette liqueur, et tous les matins, en mettait une petite rasade dans son café, pour “se réchauffer”.

Pour aller à la vigne nous empruntions un chemin de traverse dans le grand bois du Petit-Colombier qui, à mi-chemin, longeait la maison de Charles, un copain d'école de grand-père, qu'il appelait « la classe » car ils étaient nés la même année. Nous ne pouvions passer devant la ferme, une longue bâtisse périgourdine, sans nous arrêter boire un coup. Charles n'aurait pas été content. Il appréciait la visite de grand-père, et c'était l'occasion, pour les deux copains, de discuter devant un verre de vin en mangeant de fines rondelles de saucisson.

Germaine, sa femme, nous recevait toujours très aimablement, et m'offrait une friandise ou un fruit. J'avais cependant beaucoup de mal à accepter cette halte, lorsque grand-père me la proposait, parce que le sol de la cuisine où nous étions reçus était rarement balayé et que les poules circulaient à leur guise entre les chaises des invités, ce qui ajoutait à la propreté des lieux !...

Germaine portait toute l'année un « davental »(*) bleu foncé, raide de saleté, avec le coin duquel, d'un tour de main, elle essuyait les verres. Des verres « culottés » qui

(*) Davental : tablier.

n'avaient pas vu l'eau depuis longtemps car elle était rare sur la colline, surtout en été.

Grand-père, lui, ne trouvait rien à redire, la saleté ne le dérangeait pas outre mesure, et il acceptait facilement un deuxième verre avant de partir.

La halte durait généralement trois quarts d'heure, puis nous reprenions la route, côte à côte, à pas mesurés, silencieux et contents.

À l'entrée du petit hameau de Biot, juste avant la vigne, je faisais une halte pour voir mon copain Télémaque.

Comme ses parents avaient particulièrement bien choisi son prénom nous l'appelions le Grec. Il était habitué et n'avait pas l'air d'en souffrir.

Grand-père continuait sa route et moi, peu pressé, je jouais avec Télémaque jusqu'à ce qu'il se fasse rappeler à l'ordre par son père qui n'aimait pas voir les enfants se distraire au lieu de travailler.

C'était un individu étrange, qui me faisait peur, il parlait peu, et fumait des cigarettes énormes faites de tabac coupé au couteau, roulé dans du papier journal. C'était le seul à ma connaissance qui, dans le village, fumait directement du tabac non traité par la Régie des tabacs de Bergerac…Une drogue forte qui vous ramonait les poumons !

Le Périgord-Sud était l'un des endroits en France où la production de tabac constituait l'essentiel des revenus des paysans locaux. Ils étaient toujours payés, une fois l'an, en mai lorsqu'ils livraient les manoques(*) de tabac à la manufacture.

Récolté en septembre le tabac séchait pendant deux mois dans les étendoirs, grandes bâtisses de bois dont les murs latéraux étaient garnis de volets orientables qui permettaient de régler l'intensité des courants d'air afin de contrôler l'humidité des feuilles.

Les paysans du coin plantaient en moyenne dix mille pieds de dix feuilles par an. Les plantations étaient surveillées par le contrôleur des tabacs qui passait sa vie à compter pieds et feuilles. Toute tricherie étant impossible, il n'était pas question de faire la moindre récolte personnelle. Tout contrevenant était très sévèrement sanctionné, et perdait généralement sa licence de planteur.

Les soirs d'hiver, au coin du feu, la famille réunie faisait des manoques de feuilles parfaitement calibrées, qui étaient ensuite livrées à Bergerac à la Régie des tabacs.

Ces soirées de travail se terminaient toujours par un petit goûter de châtaignes arrosées de vin nouveau.

(*) Manoque : paquet de cinquante feuilles de tabac.

Grand-père taillait sa vigne en janvier, la sulfatait quatre fois l'an, de mai à août, pour pouvoir faire les vendanges fin septembre.

Dans les pays viticoles les vendanges sont toujours une fête. Nous ramassions les raisins en deux jours avec tous les voisins, du plus jeune au plus vieux. Pour que les enfants puissent aider leurs parents à vendanger, la rentrée des classes était fixée au premier octobre.

Le soir, après avoir foulé le raisin dans de grandes comportes[(*)], les hommes remplissaient l'énorme tonneau de dix mètres cubes où le raisin allait fermenter de quinze à dix-huit jours.

Puis les fermiers partaient « soigner » leurs vaches et revenaient vers neuf heures pour se mettre à table.

Pendant ce temps les femmes préparaient le repas et mettaient le couvert. Comme nous étions nombreux et que nous n'avions pas suffisamment de chaises, nous mettions des planches sur des chaises écartées d'environ un mètre pour que tout le monde puisse s'asseoir confortablement...

Les femmes qui avaient un postérieur un peu délicat ajoutaient un coussin garni de « cafanille »[(*)].

[(*)] Comporte : cuve de bois servant au transport de la vendange.
[(*)] Cafanille : feuilles de maïs séchées.

C'était la guerre, tout le monde y pensait, mais le vin aidant, le repas se terminait toujours par des chansons.

6

En réplique au débarquement anglo-américain en Afrique du Nord, les Allemands envahissaient la zone sud le onze novembre 1942.

Le trois décembre Laval ordonnait de livrer les dépôts d'armes de l'armée d'armistice à l'occupant.

Le cinq décembre, deux tractions Citroën arrivèrent chez mes parents, vers dix heures.

Trois officiers allemands descendirent de l'une d'elles et de l'autre deux civils vêtus d'un ciré noir et coiffés d'un feutre gris, accompagnés d'un homme petit et rondouillard que je connaissais bien puisqu'il s'agissait du ferrailleur qui louait à mes parents la carrière de la Charbonnière à deux cents mètres d'ici.

Le ferrailleur qui connaissait les lieux guida tout de suite ces messieurs vers l'entrée de la carrière souterraine où étaient entreposés, depuis la débâcle, automitrailleuses, canons, camions et chenillettes… abandonnés par l'armée française.

Je compris tout de suite qu'il se passait quelque chose de grave.

Après avoir salué respectueusement ces messieurs, comme on nous l'apprenait à l'école, je courus prévenir ma mère :

- Les Allemands sont là, viens vite.

Ma mère, qui n'avait pas entendu arriver les voitures, fut étonnée :

- Où sont-ils ?

- Ils sont entrés dans la carrière.

- Bon, j'y vais, je vais voir ce qui se passe.

Elle arrivait à la porte de la carrière quand la petite troupe ressortait. Un officier fit quelques pas vers elle.

- Bonjour Madame, conformément à nos accords avec le gouvernement français, nous venons réquisitionner le matériel militaire déposé chez vous par l'armée française, dit l'officier qui semblait être le chef et s'exprimait dans un français parfait. Un « brave Français » qui connaissait les lieux nous a conduits jusqu'ici. Dès demain une unité spéciale viendra chercher cet armement, j'espère que vous réserverez à nos soldats un excellent accueil. Au revoir Madame.

Tournant les talons, il repartit dans la carrière à la tête de sa formation.

Ma mère restait figée, sans voix, car c'était la première fois qu'elle voyait des soldats allemands en chair et en os, devant sa porte, et elle venait de comprendre que la zone sud était bien sous contrôle allemand.

- Rentrons, dit-elle.

Arrivée dans la cuisine elle but un verre d'eau, et en me regardant, d'un air que je ne lui connaissais pas, me dit :

- Où est ton grand-père ?

- Il est parti faire du bois au Colombier, il l'a dit à table à midi.

- Ah oui, c'est vrai, je perds la tête. Va le voir pour lui raconter ce qui se passe et surtout lui conseiller de rester dans le bois. Nous irons le prévenir dès que les Allemands seront repartis. Fais vite mais surtout ne cours pas, sors de la maison sans te faire remarquer, comme si tu allais jouer chez Marbly, il ne faut pas que les Allemands te voient partir en courant.

Dans le sentier raide et rocailleux qui menait au bois du Colombier, j'avais du mal à marcher vite avec mes sabots de bois. J'étais essoufflé, mon cœur battait à cent à l'heure et j'avais le sentiment que ma mère venait de me confier une mission importante, il fallait que je prévienne grand-père le plus vite possible.

Il était en train d'abattre un gros chêne lorsque j'arrivai. Très absorbé par sa tâche, il ne m'avait pas entendu et je dus me placer devant lui pour que, surpris de me voir, il cessât de porter des coups de hache à ce pauvre chêne.

- Qu'est-ce que tu fais là ?

- Les Allemands sont à la maison et d'après ce que j'ai compris ils s'intéressent au matériel militaire qui est dans la carrière. Ils ont dit à maman que dès demain ils le feraient enlever. Bernis qui est avec eux leur sert de guide, et n'a pas l'air très à l'aise. Durant cette conversation il n'a pas dit un mot. Maman te fait dire de ne pas rentrer à la maison tant que les Allemands sont là.

- Combien sont-ils ?

- Trois en uniforme et deux en civil, plus Bernis, dès qu'ils seront partis je viendrai te chercher.

- Non, je n'ai plus de tabac, je vais passer chez Combe et après j'irai jusqu'à la Baronnie voir mon ami Le Guen. Nous devons discuter d'une coupe de bois, et je pense qu'il me retiendra pour souper. Dis à ta mère que je rentrerai tard, et surtout qu'elle ne s'inquiète pas.

Lorsque je revins à la maison, une heure plus tard, les Allemands étaient déjà partis. Tout était calme, mon chien était assis au milieu de l'allée conduisant à la carrière comme s'il voulait en interdire l'accès.

- Alors Coquet, tu les as vus les Allemands ? Tu as vu leurs bottes comme elles brillaient, tu leur pisserais bien dessus, hein, comme tu l'as fait l'autre jour sur les miennes !

- …

Dans la cuisine, comme si leurs propos pouvaient être entendus par l'ennemi, ma mère et ma grand-mère parlaient à voix basse de ce qui venait d'arriver. Elles avaient l'air très inquiètes. On entendait le tic-tac de la pendule.

- J'ai fait la commission à pépé, il a dit qu'il dînerait chez le Guen ce soir, qu'il rentrerait tard et qu'il ne faut pas s'inquiéter.

- Tu lui as dit qu'il y avait Bernis ?

- Oui, mais ça n'a pas eu l'air de le surprendre, il m'a seulement demandé combien il y avait d'Allemands, c'est tout.

Ma mère sembla soulagée.

Les Allemands équipés de tracteurs à chenilles mirent trois jours et deux nuits pour embarquer tout le matériel. Ils étaient obligés de remorquer les engins qui n'étaient plus en état de marche. Les manœuvres étaient difficiles à la sortie de la carrière car la pente était raide et le passage étroit. Les engins avançaient, reculaient, avançaient à nouveau et généralement au troisième essai finissaient par sortir.

Le seul incident notable arriva au bout de l'allée, sur le petit pont qui enjambe la cavaille, une chenillette mal arrimée sur un porte-engins glissa doucement et bascula dans le ravin. Il fallut amener une grue pour la retirer. Comme c'était la seule sortie possible pour rejoindre la route nationale il s'ensuivit un arrêt du « déménagement » pendant une demi-journée.

Le premier jour, le chef était venu voir ma mère, furieux, agitant les bras, en l'accusant de « sapotage !... Sapotage !...Vous fusillée !... »

Comme il ne parlait pas français et que ma mère ne comprenait pas un mot d'allemand, il avait fini par l'emmener à la *kommandantur* où, grâce à l'interprète de service, elle avait pu raconter ce qui s'était passé lors de la débâcle.

Les troupes françaises étant restées plus de huit jours sur place, les officiers avaient eu le temps de faire saboter le matériel militaire pour qu'il ne tombe pas en état de marche dans les mains de l'ennemi. De toute façon on n'avait pas demandé à ma mère la permission de mettre cet armement dans la carrière et personne, lorsque la troupe avait quitté les lieux, n'avait cru bon de lui faire un rapport sur l'état du matériel, et d'ailleurs pourquoi ?

Les Allemands l'avaient relâchée le soir et ne l'avaient plus inquiétée.

J'ai su la vérité quelques années après la guerre.

Grand-père, aidé par trois maquisards mécaniciens, avait passé la nuit à démonter ou à casser des pièces vitales sur tous les engins entreposés. Au petit matin, dans la 201, ils avaient emporté les pièces dans la forêt des Coutilloux où ils les avaient jetées dans un puits de mine.

Le bois des Coutilloux était truffé de puits de mines de fer, exploitées depuis des siècles par les habitants des Forges, petit hameau de Bayac situé sur la rive droite de la rivière.

Le minerai de mauvaise qualité servait à fabriquer des chenets et des plaques de cheminées dans une fonte noire facile à couler.

Tous les foyers de la région en étaient équipés, et sur certaines plaques on pouvait lire des dates qui remontaient à plusieurs siècles.

Malheureusement, quelques années après la guerre, l'exploitation peu rentable fut abandonnée. Il ne reste plus, cinquante ans plus tard, que la ruine du haut fourneau, une solide construction de pierre à l'allure de temple Maya.

7

Fin juillet 1942.

En revenant d'un dépicage(*) à la Beynerie, mon oncle Filon qui avait bu plus que de raison, pour « chasser » la poussière de son gosier comme il disait, était redescendu au village en chantant l'Internationale.

- Chaque fois qu'il boit un petit coup il devient anarcho-révolutionnaire, disait grand-père.

Au lieu de revenir directement chez lui dans le bourg en passant par la rue centrale, il était entré dans le parc du château de Bayac qui appartenait au pétainiste distingué Dumalpech.

Au même moment, le châtelain promenait son chien dans l'allée centrale. L'homme l'avait interpellé en lui demandant ce qu'il faisait là et l'avait prié de quitter les lieux sur-le-champ.

(*) Dépicage : battage du blé.

Mon oncle, qui, excité par l'alcool, n'avait peur de rien, l'avait traité de « collabo suppôt de Vichy », et s'était remis à chanter l'Internationale.

Le châtelain pétainiste n'avait pas apprécié ce chant révolutionnaire et avait immédiatement prévenu la gendarmerie, qui, moins d'une heure après était sur les lieux. Fort heureusement mon oncle avait été récupéré par sa fille et emmené chez lui manu militari. Les gendarmes le cherchaient encore dans le parc alors que, les bras en croix, il dormait comme un loir dans le foin de la grange.

Dans la nuit, vers deux heures du matin, un gendarme maquisard de la brigade de Beaumont était venu l'informer que son arrestation était imminente, car la préfecture venait de l'ordonner, et avait conseillé à mon oncle de partir dans le maquis, mais celui-ci avait refusé, prétextant qu'on risquait de prendre en otage sa femme et sa fille.

Il avait donc été arrêté le matin à six heures et conduit au camp d'internement de St Paul d'Eyjeaux en Haute-Vienne, un des camps qui organisait les déportations en Allemagne.

Le brave gendarme, qui avait voulu sauver mon oncle, et permis à de nombreux résistants d'échapper à la déportation en les prévenant des dangers qu'ils couraient, fut dénoncé par un de nos voisins « bon patriote français », et en juin 1943, il fut déporté à Dachau.

Janvier 1943.

Ma tante Berthe avait reçu une lettre de mon oncle l'informant qu'elle pouvait lui rendre visite avec leur fille, qu'il en serait très heureux car son départ pour l'Allemagne était programmé pour la fin du mois. Malheureusement, en cette période de l'année, elle ne pouvait pas quitter son travail sous peine de le perdre, et il fut décidé que ce serait ma mère qui emmènerait Suzette voir son père et que je serais du voyage.

Ce fut mon premier grand voyage en train.

Avec deux changements, l'un au Buisson et l'autre à Périgueux, un jour fut nécessaire pour atteindre Limoges où nous avons passé la nuit dans la salle d'attente de la gare.

À coté de nous, un homme allongé sur un banc ronflait si fort que j'en étais effrayé. À la porte, dans une lumière blafarde, un soldat allemand montait la garde en faisant les cent pas, et à chaque demi-tour les fers de ses souliers résonnaient sur les dalles du hall.

Il était vraiment très difficile de dormir dans un tel bruit… et il faisait un froid de canard !… J'étais gelé !… Quelle nuit !… Je pensais à Coquet qui, dans sa paille, devait dormir… comme un bienheureux !

À huit heures, après avoir pris un petit déjeuner léger au café de la gare, nous sommes partis dans un vieux bus déglingué qui sentait la cigarette froide pour St Paul d'Eyjeaux, à environ vingt kilomètres au sud-est de Limoges.

Il faisait encore nuit, un fin crachin tombait sur la ville, c'était triste !… Silencieux !... Mortel !… Et je somnolais sur mon siège bercé par le ronron du moteur. Le bus n'avançait pas, il s'arrêtait tous les kilomètres pour prendre des voyageurs, et renâclait pour monter les côtes.

Dans ce vieux tas de tôles il nous fallut deux heures pour arriver sur la place du village et une demi-heure de marche à pied pour atteindre le camp.

Deux sentinelles en armes montaient la garde devant la porte grillagée. À droite, dans le poste de police, trois de leurs collègues nous regardaient arriver... les yeux écarquillés !… Comme si nous étions des extraterrestres!… Les visites devaient être rares !… Sûrement ! Le plus petit, qui semblait être le chef, s'avança et demanda à ma mère :

- Vous désirez?

- Nous venons voir mon beau-frère qui est interné dans ce camp. Voici sa fille et mon fils. La mairie m'a remis un papier que je dois présenter aux autorités du camp.

Après avoir examiné très attentivement le document, il nous invita à entrer dans le poste de garde, téléphona pendant plusieurs minutes, et puis demanda à une des sentinelles de nous conduire au poste de « police et censure ».

Nous avons traversé derrière le garde une grande place déserte, dominée par un mât blanc où flottait le drapeau français, pour arriver dans une allée bordée de baraques parallèles.

La première, flanquée d'un perron, était celle de l'administration.

La salle où nous sommes entrés était sinistre et mal éclairée, seul le portrait du maréchal Pétain, en couleur et bien encadré, apportait un peu d'humanité... il me plaisait bien ce grand-père... avec sa moustache et son képi.

La femme assise derrière le long guichet de bois demanda à ma mère d'avancer :

- Venez !... Vos papiers d'identité et la feuille de la mairie !

Plantés devant le guichet nous avons attendu sans parler, regardant la femme écrire, tamponner, téléphoner. Enfin, au bout d'une demi-heure, elle nous dit :

- Revenez à quatorze heures, vous pourrez voir monsieur Filon.

Nous avons été reconduits hors du camp par le garde qui nous avait attendus patiemment, assis sur un banc au fond de la salle. Il ne semblait pas pressé de sortir de la baraque, la chaleur diffusée par le gros poêle placé au centre de la pièce rendait ce lieu plus confortable que la guérite du poste de garde. Nous étions en hiver, et il faisait très froid en Limousin.

Le camp était entouré par un grillage de trois mètres de haut, tenu par des poteaux en ciment et surmonté par quatre rangs de fil de fer barbelé.

À chaque coin, des sentinelles armées montaient la garde dans des miradors peints en noir… tout était… sinistre… sans vie… à pleurer !…

Le camp semblait désert !… Où étaient les prisonniers ?… J'avais envie de fuir !… Mais nous étions venus voir l'oncle… alors nous devions rester.

À deux heures moins le quart nous étions à nouveau devant la porte du camp après avoir pris un repas rapide dans un petit restaurant du village.

Le chef des gardiens, qui nous avait reconnus, et qui avait reçu de son administration l'autorisation de nous laisser pénétrer dans le camp, nous fit conduire par une sentinelle à la porte d'un deuxième enclos situé au bout de l'allée que nous avions empruntée le matin pour nous rendre dans le bureau de « police et censure ». Tous les internés étaient parqués dans ce deuxième enclos. Le premier, dans lequel nous avions pénétré le matin, et qui nous avait semblé désert, était réservé à l'administration et au personnel de surveillance.

Prévenu par les gardes que nous arriverions vers deux heures, mon oncle, impatient de nous voir, nous attendait.

La joie de voir sa fille fut immense, il en avait les larmes aux yeux. Après l'avoir embrassée, il me prit dans ses bras et me serra à m'étouffer.

Comme il faisait froid, il nous invita à entrer dans une baraque où une dizaine de détenus jouaient aux cartes dans une atmosphère enfumée.

Ma mère lui remit un petit colis de victuailles, donna des nouvelles, de ma tante, de mon grand-père, de mon père et lui parla du châtelain qui, d'après les rumeurs, était atteint d'une très grave maladie.

Mon oncle était détendu et plaisantait, ce qui paraissait surprenant en pareil lieu.

- Alors, l'école comment ça marche ?

- Bien, la maîtresse est gentille. On va chercher des châtaignes au Mas-de-Bonnet et elle nous fait chanter « Maréchal nous voilà… ».

- Vous allez chercher des châtaignes ?

- Oui, il paraît que c'est pour les pauvres. Nous on se marre bien et l'autre jour on l'avait perdue. Elle ne connaît pas les bois alors il est facile de la semer… et on s'en prive pas !

- Vraiment, vous êtes une belle bande de polissons. Vous feriez mieux d'apprendre à lire et à compter.

- On travaille le matin, l'après-midi elle nous emmène en promenade.

Il m'embrassa.

L'heure qui nous était accordée fut vite passée, mais, avant que nous partions, mon oncle nous révéla qu'il avait connu dans ce camp un député du Var, avocat, proche de Jean Moulin, qui était devenu son ami et qui l'avait assuré que, dès qu'il serait sorti du camp, il le ferait libérer. C'est ce qui expliquait sa bonne humeur.

Son copain était sorti depuis trois jours et mon oncle, sûr qu'il allait tenir parole, pensait être bientôt libre. Il le fut quinze jours plus tard. Revenu chez lui, après trois jours passés en famille, il décida de partir pour le maquis où il resta jusqu'à la fin de la guerre et s'illustra dans quelques batailles, en particulier celle de Mouleydier en juin 1944, ce qui lui valut d'être décoré à la Libération.

En juin 1944, la première brigade des Francs Tireurs du maquis limousin, commandée par le lieutenant-colonel Guingouin, libéra les internés du camp de Saint-Paul d'Eyjeaux, leur évitant ainsi la déportation en Allemagne.

Ce centre de séjour surveillé avait été créé par décision ministérielle le 30 octobre 1940 à Vichy et ouvert en novembre de la même année pour interner les « indésirables » français et étrangers.

En janvier 1941, la population du camp était de 600 personnes, et varia ensuite de 250 à 600 dans les années qui suivirent.

Il devint fréquent, après que la zone sud fut envahie, que des internés soient désignés pour servir d'otages à l'occupant.

Les conditions de vie étaient des plus précaires ; les internés souffraient de malnutrition et d'un manque d'hygiène quasi-total.

Après la libération le camp accueillit des prisonniers allemands.

8

Tous les premiers jeudis du mois, nous partions grand-père et moi rendre visite à ma tante Marie, sa belle-fille qui habitait Monsac à quatre kilomètres de chez nous. Elle vivait seule, mon oncle Henri étant déporté au camp de Ravensbrück. C'était l'occasion pour grand-père, lorsqu'une lettre arrivait d'Allemagne, d'avoir des nouvelles de son fils et de réconforter ma tante. Elle avait perdu son enfant unique au début de la guerre, et devait faire face seule aux difficultés de la vie.

C'était une brave femme, toujours vêtue de noir, qui paraissait beaucoup plus vieille que son âge, et s'appliquait, chaque fois que nous venions, à préparer un bon repas. Comme grand-père aimait le canard rôti, et que nous n'en mangions pas souvent à la maison, elle en préparait toujours un, seuls les légumes variaient avec la saison.

Le repas se terminait par une tarte aux pommes. Ma tante avait un immense verger près de l'église ; dans la cave voûtée sous la maison, elle conservait des fruits toute l'année mais surtout, elle faisait une pâte feuilletée d'une qualité exceptionnelle !

D'ailleurs, chaque fois que nous arrivions en vue du village je lançais à grand-père :

- Pépé, tu crois que la tante pensera à faire une tarte ?

- Bien sûr, elle sait que tu les aimes !

Nous repartions vers quatre heures, après que grand-père eut bu son « café », une infâme tisane de glands de chêne torréfiés, arrosé d'un quart de verre d'eau de vie. Il avait l'air de trouver ça bon !

Je pense que l'eau de vie y était pour quelque chose !

En juillet 1943, en revenant de Monsac après avoir rendu visite à ma tante, alors que nous arrivions en haut de la côte des Coualongs, grand-père me dit :

- Au lieu de rentrer directement on va passer à la Borie-Neuve, j'ai quelqu'un à voir. Et puisque maintenant tu es assez grand pour venir ici tout seul, de temps en temps tu apporteras une musette pleine de victuailles aux gens qui y habitent.

- Qui sont ces gens, grand-père ?

- Des maquisards et d'ailleurs tu en connais au moins trois.

- Qui ?

- Il y a Jacques Nandoz, Georges Travis de Couze, et Raoul Mayut de la Beynerie, les autres tu ne les connais pas parce qu'ils ne sont pas d'ici.

- Ils sont d'où ?

- Si on te le demande, tu diras que t'en sais rien. Ce n'est un secret pour personne dans la commune, que des maquisards habitent à la Borie-neuve, mais si tu peux éviter d'en parler avec tes copains ce serait aussi bien.

Quand tu viendras leur apporter des provisions, si quelqu'un te demande où tu vas, tu répondras toujours : « je vais chez ma tante à Monsac », et si tu es suivi, rends-toi chez elle. Tu lui donnes la musette et tu repars.

- Compris ! Tu vas m'y envoyer souvent ?

- Non, peut-être une fois tous les quinze jours, ou tous les mois. Ça dépendra... de la vitesse du vent, dit-il en souriant.

- Pourquoi tous ces hommes sont dans le maquis ?

- Parce qu'ils veulent chasser les Allemands hors de France. Ils n'ont pas accepté la défaite de 1940 et veulent lutter jusqu'à la victoire.

Tu as vu la devise de la République au fronton de la mairie : « Liberté, Égalité, Fraternité ». Eh bien, la liberté c'est l'état d'une personne qui n'est pas en servitude, qui peut jouir d'une liberté morale, civile et politique. Ces termes sont un peu compliqués pour toi maintenant, mais dans quelques années, la guerre finie, nous reverrons ça en détail.

En ce qui concerne l'égalité, c'est plus facile à comprendre, c'est tout simplement l'absence de distinction entre les hommes. Par exemple : tous les hommes, quelle que soit la couleur de leur peau, ont les mêmes droits mais aussi les mêmes devoirs.

Enfin, la fraternité c'est l'amitié, la concorde, l'union intime entre les hommes. Alors là, je ne suis pas tout à fait d'accord avec les révolutionnaires qui ont inventé cette devise. J'aurais préféré, qu'en troisième position, au lieu de fraternité, qu'ils choisissent « respect ».

Demander à tous les hommes de s'aimer est un vœu pieux qui sent la religion à plein nez. J'aurais vraiment préféré respect, parce que pour vivre en société il faut respecter les autres, et la bonne entente commence par le respect d'autrui. Evidemment la devise, « Liberté, Égalité, Respect », sonne moins bien.

Promets-moi que tu respecteras les autres, même tes copains, et que tu te feras respecter.

- Je te le promets.

- Tu vois, les gars que nous allons voir croient toujours en la devise de la République.

La pente du chemin s'accentuait et en arrivant près d'une capitelle – cabane de bergers construite en pierres sèches – grand-père s'arrêta et me dit :

- Lorsque tu arriveras ici tu siffleras et tu attendras qu'on vienne te chercher. Si personne ne vient tu repartiras tranquillement en passant par le même chemin, surtout ne traverse pas le bois. T'as bien compris, par le même chemin, c'est très important. Passer par le bois présente un certain danger, il faudra que tu reviennes par la route.

- Pourquoi un danger, grand-père ?

- Parce que les maquisards ont mis des alarmes pour détecter la venue de soldats ennemis ou de personnes qui n'auraient rien à faire dans les parages. Ils veulent éviter d'être surpris. Certains dispositifs sont dangereux et c'est pourquoi, je ne veux pas que tu traverses le bois.

- J'ai compris. De toute façon, la route est le chemin le plus court. Et puis par le bois on arrive en haut des falaises de Poutine et elles ne sont pas faciles à descendre.

Deux minutes après, un maquisard armé d'une mitraillette, surgissait du bois de genévriers et saluait très respectueusement grand-père, je compris à cet instant qu'ils s'étaient déjà vus, mais je n'osai pas lui demander où et quand.

- Conduis-nous au commandant.

- Suivez-moi.

La Borie-Neuve était une ferme, construite sur un plateau, au sommet d'une colline boisée qui bordait la vallée de la Couze. Les lieux n'étaient plus habités depuis cinquante ans. Les propriétaires, des Bordelais, avaient abandonné la culture, et ne venaient dans leurs bois qu'en septembre pour cueillir les champignons : les fameux cèpes du Périgord.

Seule la remise à foin tenait encore debout, le toit de la maison principale était effondré et sur le pignon sud, la cheminée en pierre de taille, ficelée par des lianes, s'élevait encore dans le ciel. Les ronces et le lierre servaient de camouflage.

Au nord, un grand chêne plusieurs fois centenaire, et une mare à grenouilles, à carpes et à poissons rouges, faisaient de ces lieux un endroit calme et agréable.

Le commandant prévenu de notre arrivée sortit de la remise et vint à notre rencontre.

- Bonjour, grand-père !

- Salut vieux ! Commandant, je te présente mon petit-fils Bernard qui de temps en temps te rendra visite. Tu veilleras à ce qu'il ne s'attarde pas avec ses copains Jacques et Georges. Je compte sur toi, car je m'inquiéterais.

- Bernard, va voir tes copains que j'aperçois près de la mare, je dois bavarder un moment avec le commandant.

Jacques et Georges étaient deux gars du village de Couze, que je connaissais bien, car ils habitaient près de chez mon parrain. Quand je lui rendais visite, nous bavardions, et quelquefois nous allions chasser les moineaux, près de la meule de paille, avec la carabine à air comprimé de parrain.

Jacques avait quinze ans et Georges dix-sept.

- Qu'est-ce que tu fais là, dit Jacques en m'apercevant. On t'a laissé entrer !

- Je suis venu avec mon grand-père qui voulait voir le commandant.

- Ah bon !

- Tu es tout seul, où est Georges ?

- Suis-moi, on va le voir, il monte la garde au poste sud. Faudra pas rester longtemps, car on n'a pas le droit de bavarder lorsqu'on monte la garde, le commandant ne serait pas content.

Le poste sud était un poste avancé, sur un piton rocheux d'où on pouvait voir en contrebas à environ un kilomètre, la route nationale, la rivière et la route blanche qui conduisait au bourg.

La position était stratégique car rien de ce qui se passait dans la vallée ne pouvait échapper au guetteur. On pouvait voir sans être vu.

Georges fut aussi surpris que Jacques de me voir.

- Rassure-toi ! Je ne suis pas seul, je suis venu avec mon grand-père.

- …

- Je viens seulement te saluer et je repars car je sais que le commandant ne veut pas qu'on parle aux sentinelles. Mais, tu sais, je crois que je reviendrai de temps en temps, tu ne seras pas toujours de garde et on pourra discuter. Salut ! À bientôt !

- Dis, si tu vas à Couze, passe chez mes parents, dis-leur que tout va bien et que j'irai les voir jeudi prochain. J'aurai fini mes tours de garde.

- C'est d'accord, je passerai les voir demain car je dois aller chez mon parrain chercher du plan de salade. Salut !

En revenant vers le campement, alors que nous traversions une petite clairière, je posai à Jacques la question qui me brûlait les lèvres :

- Comment ça se fait qu'à ton âge tu sois dans le maquis ?

- J'ai quinze ans ! Je suis allé à l'école jusqu'à quatorze ans, c'est obligatoire !... En octobre j'ai demandé à mes parents si je pouvais partir dans le maquis, mon père était d'accord, pas ma mère, mais au bout de quinze jours elle a accepté. Je suis ici depuis un mois, tout se passe bien, je suis le petit de la famille, les hommes sont très gentils, mais je n'ai pas le droit d'avoir une arme, a dit le commandant. Je fais les courses puisqu'à mon âge je peux me balader sans être inquiété, de temps en temps je passe voir mes parents… On mange bien, on dort bien, on ne s'ennuie pas, mais il y a une seule chose qui nous fout la trouille : c'est qu'une division allemande nous tombe dessus. Nous n'avons pas les moyens de résister, nous n'aurions que la fuite pour sauver notre peau, à condition que les Allemands n'encerclent pas toute la forêt, comme ils l'ont fait dans le nord de la Dordogne le mois dernier. Le commandant nous a dit que cette division allemande s'appelait la division Bremher, du nom de son chef, et sévissait dans le nord.

- Espérons qu'elle ne viendra pas par ici !

- N'y pensons plus. Je vais te faire voir ce que ma mère m'a donné lorsque je suis parti de la maison.

Il sort de la poche intérieure de sa veste une magnifique Sainte Vierge dans un globe à fond bleu, rempli d'eau, où flottent de minuscules paillettes blanches. Une vraie féerie lorsqu'on agite l'objet. C'est la première fois de ma vie que j'en vois une et je suis émerveillé.

- C'est pour me porter bonheur, ma mère très croyante pense qu'avec ça je ne risque rien.

- Je ne sais pas si c'est efficace mais je trouve ça très beau.

- On verra bien ! Viens, on va voir les gars qui fourbissent leurs armes, tu connais Raoul je crois !

L'entretien de grand-père et du commandant dura plus d'une heure, j'eus le temps de bavarder avec Raoul et les hommes, qui, assis au pied d'un arbre, astiquaient leurs armes : un fusil-mitrailleur servi par quatre hommes, une dizaine de mitraillettes de marque anglaise et trois pistolets. Un armement parachuté par les Anglais dans la forêt de la Bessède, à une quinzaine de kilomètres de chez nous, et que les groupes de maquisards avaient récupéré.

Quelques mois plus tard, ce type d'armement, se révéla nettement insuffisant pour faire face à la division blindée allemande qui détruisit le village de Mouleydier à dix kilomètres de Bayac.

Je montais au camp pratiquement tous les quinze jours, avec sur l'épaule une musette qui contenait le plus souvent un demi-litre d'eau de vie, et dans la poche de mon pantalon une pierre, grosse comme une bille, que me donnait grand-père afin que je la remette au commandant. Evidemment, je partais accomplir ma mission avec Coquet qui, gourmand, savait qu'en arrivant au camp il aurait droit à une friandise.

La circulation était très réduite par manque d'essence et en chemin, nous ne rencontrions personne.

Les plus fortunés avaient fait monter sur leur automobile un gazogène, appareil qui permettait de fabriquer un gaz combustible à partir du bois ou du charbon de bois.

Un jeudi où je montais la côte des Coualongs en rêvassant pour aller au camp, je tombai, à mi-parcours, sur le maçon Férie et son compagnon qui réparaient le mur du fossé de la route.

- Bonjour messieurs.

- Bonjour mon petit. Où tu vas comme ça ?

- À Monsac chez ma tante.

- Si tu veux attendre dix minutes, le temps de chauffe du gazo, je te déposerai à Monsac, ça t'évitera de faire la route à pied, je vais chercher des pierres à la carrière de la Micalie.

- Mais, il y a aussi mon chien !

- C'est pas un problème, comme nous partons à vide, nous le mettrons sur le plateau arrière.

Un quart d'heure plus tard, je montais dans la voiture du maçon, une vieille Trèfle carrossée en camionnette. Nous étions trois devant, serrés comme des sardines et Coquet derrière, attaché à la ridelle avec un bout de ficelle.

Arrivé au village, après avoir remercié le brave homme je remis la musette à ma tante Marie et lui relatai ma rencontre. Puis Coquet et moi repartîmes faire les quatre kilomètres qui nous séparaient de la maison.

Nous venions de gagner un excellent exercice de mise en forme ! Evidemment pour mon chien c'était peu de chose, mais pour moi… quatre kilomètres !… À pied !... Ça use !

Lorsque je racontai ce qui venait de m'arriver à grand-père, il mit sa main sur ma tête et me dit :

- Bernard, c'est très bien ce que tu as fait, tu as respecté la consigne, je suis très fier de toi. Comme les jours sont longs en ce moment, tu remonteras au camp demain soir après l'école. Tu as la pierre ? Tu peux me la donner ? Tu la reprendras demain soir.

Cette pierre m'intriguait. C'était un message, j'en étais sûr, mais quel message ? Grand-père ne consentit à me le révéler que bien plus tard.

Le « voyage » détourné vers Monsac fut la seule complication de ma « mission » durant les mois où je rendis visite à mes amis du camp.

À la Borie Neuve, pour tuer le temps, les hommes bricolaient, les uns faisaient de la mécanique sur une vieille traction, d'autres sculptaient des cannes, des gourdins, des objets divers.

Deux forgerons, Elie et Charles, réparaient de vieilles armes de chasse qui avaient été enterrées sans protection au début de la guerre et n'étaient plus en état de marche.

Lors de mes premières visites, je me demandais pourquoi grand-père, qui paraissait si prudent, m'avait révélé l'existence de ce camp. S'il l'avait fait, c'est que ça ne présentait aucun danger pour les hommes, car j'aurais pu parler ou donner quelques indices sans le faire exprès. Lorsque je lui en parlais, il me répondait invariablement en souriant : « T'en fais pas, tu ne dis rien à personne et tout ira bien ». Il avait confiance en moi, mais à ce point cela m'étonnait.

En bavardant avec Jacques et Georges je finis par comprendre : le camp de base où je me rendais était un camp de jour que les hommes quittaient le soir pour aller dormir dans des caches disséminées dans l'immense forêt. Ils ne l'occupaient que le jour, parce qu'il était possible, grâce aux sentinelles judicieusement placées et aux alarmes installées dans les bois qui entouraient la propriété, de contrôler tous les accès au camp et de donner l'alerte si c'était nécessaire. Les maquisards prévenus avaient le temps de s'enfuir.

Il ne s'agissait pas de défendre ce coin de terre, qui ne présentait aucun intérêt stratégique, mais de sauver la peau des hommes dont les missions consistaient en quelques coups de main, très souvent, à plusieurs kilomètres.

Je n'ai pu visiter les caches dans la forêt que fin 44, lorsque les troupes allemandes eurent quitté le territoire et que la victoire des Alliés ne fit plus aucun doute.

C'étaient des chambres souterraines, d'environ deux mètres sur deux, tapissées au sol, sur les murs et au plafond, de rondins de châtaignier.

Face à face, sur les murs, quatre couchettes, au centre une allée avec une porte à chaque extrémité. Les portes donnaient sur des couloirs sinueux qui conduisaient à l'extérieur. Une trappe, camouflée par de la végétation, dissimulait l'accès à ces caches. Sous la trappe, pour descendre dans le boyau, une échelle inclinée surplombait un puits profond de quelques mètres, le « puits à grenades ».

Comme les hommes avaient disposé de beaucoup de temps pour aménager leurs refuges, ils avaient soigné les détails : tapis au sol !... Affiches aux murs !... Photos !

C'est à la même époque que grand-père me révéla le code des pierres que je remettais au commandant, c'était simple et astucieux : la couleur du caillou indiquait le lieu de rendez-vous du commandant et de grand-père, le soir même.

9

1944

Un des premiers parachutages eut lieu, en octobre 1943, sur la commune de Saint-Aubin-de-Lanquais, à environ dix kilomètres de chez nous, puis un second à Pâques 1944.

Le troisième prévu pour fin mai 1944 fut annulé, en raison de la proximité du débarquement, les Britanniques ayant des problèmes plus urgents à régler.

Les armes et les explosifs furent distribués aux maquisards de l'Armée Secrète qui, dans notre secteur, contrôlait et dirigeait les groupes.

Il faut savoir que la résistance était formée de deux grands mouvements : l'Armée Secrète (AS), organe du Mouvements unis de Résistance (MUR) et les Francs Tireurs et Partisans Français (FTPF), organe du Front national de lutte pour la liberté et l'indépendance de la France (FN). Ces derniers, qualifiés de communistes, régnaient en maîtres dans le nord du département de la Dordogne, en Corrèze et en Limousin.

Fin 1943 et début 44, les maquisards étaient relativement peu nombreux. À part ceux de la première heure qui avaient choisi le camp de la France libre du général de Gaulle par conviction patriotique, le gros de la troupe était formé de réfractaires au STO (Service du Travail Obligatoire), qui avaient pris le maquis pour échapper au travail en Allemagne. Des résistants de la première heure, à ma connaissance, il y en a eu quatre dans la commune : grand-père, son ami Le Guen et deux jeunes de vingt ans, Gilbert et Jean, qui eurent le courage, en 1940, de tout quitter pour partir en Afrique rejoindre l'armée de Leclerc.

Le reste de la population, qui souhaitait le calme, obéissait aux ordres de Vichy... c'était plus tranquille !... Moins risqué !

Certains, effrayés par le bolchevisme et pronazis, allèrent même jusqu'à collaborer avec les Allemands en s'enrôlant dans la Milice de Vichy ou dans la division Charlemagne de la Waffen SS, division qui fut anéantie par l'armée soviétique, en Poméranie, en février 1945.

Pour bien vous pénétrer de l'esprit qui régnait à cette époque dans la Milice de Vichy, sachez que celle-ci exigeait de ses membres : « d'être français de naissance, de ne pas être juif, de n'appartenir à aucune société secrète, d'être volontaire, et enfin d'être agréé par le chef départemental ».

Si vous satisfaisiez à ces critères, vous étiez bon pour aller chasser les « terroristes ».

Ce n'est qu'à l'annonce du débarquement que de nombreux volontaires, sentant le vent tourner, ont rejoint le maquis.

Ils furent les bienvenus car la résistance avait besoin de combattants et, il valait mieux tard que jamais.

Malgré les parachutages d'armes, les maquis avaient une puissance de feu inférieure à celle de l'armée allemande, et ne pouvaient combattre qu'en pratiquant une guerre d'embuscades.

Jusqu'au 6 juin 1944, la vie des résistants était surtout faite d'entraînement, de déchiffrage des messages de Radio Londres et d'attente.

Le maquis avait essentiellement pour mission, lorsque l'ordre viendrait de Londres, d'empêcher les renforts allemands de se rendre à l'endroit où se ferait le débarquement qui, jusqu'au jour J, n'était connu, ni du maquis ni des Allemands.

C'est pour cette raison qu'en mars 1944, Hitler donna l'ordre à la SS-Panzer-Division, la fameuse *Das Reich* – formée à Vesoul avec des régiments venus de

Hollande et de Pologne – de prendre position dans la région de Montauban, endroit stratégique qui permettrait d'intervenir rapidement aussi bien sur la côte méditerranéenne que sur la côte atlantique en cas de débarquement des troupes alliés sur ces côtes.

C'était l'une des troupes allemandes stationnées en France des plus importantes: 19 200 hommes, 209 blindés lourds, 359 blindés légers, 2700 véhicules.

Une autre division allemande, la division Bremher, du nom du général qui la commandait, sévissait dans le Centre-Ouest, en particulier en Dordogne, en Corrèze et en Haute-Vienne. Aidée par la milice de Vichy, elle envoya en déportation, en 1944, plus d'un millier de Juifs qui vivaient en Périgord. En même temps qu'elle les chassait, elle nettoyait les nids de maquisards vendus par des collabos.

La Milice fut particulièrement active lors de ces chasses aux « terroristes » et le pouvoir complice de Vichy sut honorer ses « braves combattants ».

Ainsi, on trouve dans le Journal Officiel de l'État Français du 26 avril 1944 la citation suivante :

« Le Gouvernement cite à l'ordre de la Nation :

M.Tomasi Joannès, pour les motifs suivants : chef de centaine du groupe spécial de sécurité, d'un entrain et d'un courage remarquables, entraîneur d'hommes de premier ordre. Commandant un détachement de dix francs-gardes à

Terrasson (Dordogne). Faisant preuve d'une maîtrise exceptionnelle, a abattu deux terroristes sur les cinq tués au cours d'un engagement. A mis les autres en fuite.

Fait à Vichy, le 30 mars 1944.

Pierre Laval ».

Début 1944 les maquisards n'avaient pas encore reçu l'ordre d'attaquer les troupes allemandes.

Le 6 juin, à l'annonce du débarquement en Normandie, le combat pour la libération du territoire prit une autre tournure, les différentes parties prenantes se déchaînèrent.

Le jour même, Vichy réagissait, le maréchal Pétain dans un discours radiodiffusé pria les Français de continuer à travailler et de ne pas participer au conflit :

« Français,

Les armées allemandes et anglo-saxonnes sont aux prises sur notre sol. La France devient ainsi un champ de bataille.

Fonctionnaires, agents de tous les services publics, cheminots, ouvriers, demeurez fermes à vos postes pour maintenir la vie de la nation et accomplir les tâches qui vous incombent.

Français, n'aggravez pas vos malheurs par des actes qui risqueraient d'appeler sur vous de tragiques représailles... ».

Laval, chef du gouvernement, chef de la Milice française, s'adressa aussi aux Français :

« Les armées anglo-saxonnes s'efforcent depuis ce matin d'aborder notre territoire... Après tous les bombardements qui ont ensanglanté notre pays et accumulé les ruines, une nouvelle épreuve, plus dure encore, est imposée à la France par ceux qui disent vouloir la libérer, mais qui commencent par la détruire...

Nous ne sommes pas dans la guerre, vous ne devez prendre aucune part au combat ; si vous n'observiez pas cette règle, si vous faisiez preuve d'indiscipline, vous provoqueriez des représailles dont le gouvernement serait alors impuissant à atténuer les rigueurs, vous souffririez dans vos personnes et dans vos biens et vous ajouteriez aux malheurs de notre pays. Vous refuserez d'entendre les appels insidieux qui vous seront adressés. Ceux qui vous demandent de cesser le travail et vous incitent à la révolte sont les ennemis de notre patrie... ».

Le lendemain 7 juillet, c'était au tour de Darnand, secrétaire général au Maintien de l'Ordre, de s'adresser à ses troupes :

« Les ordres sont clairs, considérez comme des ennemis de la France les francs-tireurs et partisans, les membres de la prétendue armée secrète, et ceux des groupements de résistance. Attaquez-vous aux saboteurs, qu'ils soient ou non parachutés. Traquez les traîtres qui essaient de saper le moral de nos formations…

À partir de ce soir, je mobilise la franc-garde de la Milice française…

Miliciens français, debout, et nous sauverons le pays ».

Londres, au même moment, demandait au peuple français de combattre par tous les moyens pour chasser les Allemands de notre pays.

Le général Koenig, commandant en chef des FFI, donnait l'ordre de guérilla sur tout le territoire :

« Il faut harceler les colonnes allemandes qui s'engageraient sur les axes routiers ou les voies ferrées conduisant en Normandie… ».

Quatre plans furent mis en œuvre :

Le « Plan Vert » demandait à la résistance de faire sauter les voies ferrées, les ponts, les viaducs, les tunnels, le matériel ferroviaire.

Du 6 juin au 15 août 1944, les maquisards du Lot et de la Dordogne effectuèrent plus de deux mille sabotages de voies ferrées. Les locomotives des dépôts de Bergerac, Le Buisson et Eymet furent détruites.

Dans son ouvrage de 1947, *Mouleydier centre de résistance, R.Guérin* rapporte l'attaque d'un train sur la voie ferrée Bergerac-Le Buisson :

« Le rendez-vous est pour la nuit ; dès que tout le monde est là, on distribue les consignes et on met en place le dispositif, qui consiste avant tout à rendre inutilisable la voie ferrée.

Un groupe de huit hommes armés de mitraillettes et de grenades se poste à trois cents mètres du tunnel de Mouleydier. Le train arrive, stoppe au signal ; un membre de la résistance, qui le surveille depuis Le Buisson en cas d'événement imprévu tel qu'un embarquement dans le train de troupes allemandes, nous rejoint... Dociles, voyageurs et cheminots se rangent le long du ballast... Une détonation sourde retentit dans le tunnel : le spécialiste a rempli sa mission de sabotage. Le mécanicien saute du train après avoir poussé la vapeur ; le train démarre, prend de la vitesse et arrive au tunnel ; nous attendons le bruit du déraillement... Rien. Le train est passé, malgré une coupure de la voie sur un mètre quarante environ. C'est un miracle. Il ne sera arrêté que du côté de Bergerac, où il arrivera portières ballantes, sans mécanicien… et sans voyageurs ».

Le « Plan Violet » demandait de couper les lignes téléphoniques. Sabotage très facile à réaliser techniquement, car il suffisait de grimper au sommet d'un poteau et muni d'une pince de couper les fils de cuivre. Cependant cette opération était délicate : il fallait sélectionner les fils, car à la campagne, le téléphone public était surtout utilisé par les Français et non par les Allemands, et il convenait de garder les lignes "utiles" pour le maquis.

Le « Plan Bibendum » consistait à bloquer les routes, faire sauter ponts et tunnels. C'est ainsi que les ponts sur la Dordogne, de Prigonrieux, de Sainte-Foy-la-Grande, sautèrent le jour fixé par le commandement.

Enfin, le « Plan Tortue » était prévu pour ralentir la marche des unités allemandes par des actions isolées.

De nombreuses embuscades tendues par les maquisards, furent suivies de représailles sanglantes. De vraies batailles s'engagèrent, comme celle de Mouleydier, où les maquis avaient reçu pour mission de préparer un terrain d'atterrissage pour parachutistes, terrain qu'ils défendirent du 6 au 11 juin, mais… contre-ordre le 12 : « opération annulée ».

La bataille se transforma en massacre des maquisards, peu nombreux et mal équipés, face à une colonne de blindés.

Le 21 juin les Allemands étaient aux portes de la ville, et annonçaient par haut-parleur :

« Habitants de Mouleydier, rendez-vous, toute résistance est inutile, montez vers Saint-Germain avec des mouchoirs blancs. Si, dans un délai de dix minutes, tout le monde ne s'est pas rendu, le village sera entièrement rasé ».

Dix minutes après, ils répétaient:

« Habitants de Mouleydier, le délai est passé, l'attaque va commencer ».

Et ce fut la ruée des tanks et des automitrailleuses, suivis des fantassins.

À 21 heures un immense brasier rougeoyait dans la vallée de la Dordogne, tout le village partait en fumée. Seules l'église et une maison ne furent pas incendiées.

Plus de vingt maquisards laissèrent leur vie dans cette bataille.

Fort heureusement, contrairement à ce qui se passa à Oradour-sur-Glane, la population civile de Mouleydier fut épargnée.

En effet, une semaine avant, le 10 juin, par une paisible et belle journée, la division Das Reich avait fait irruption dans le bourg d'Oradour-sur-Glane, village près de Limoges, sans raison apparente car il n'y avait jamais eu d'activité de résistance dans le secteur ; hommes, femmes, enfants furent massacrés et le village incendié. Au total 642 victimes, seules cinq personnes survécurent au massacre.

La division SS tua gratuitement ces pauvres gens pour rappeler sa puissance, car cette formidable machine de guerre, constamment harcelée par le maquis, se désorganisait de jour en jour et avait du mal à quitter la région pour rejoindre le front de Normandie, où, finalement elle arriva trop tard, et en ordre dispersé.

Le retard pris par la division pour se rendre sur le théâtre d'opérations de Normandie eut d'heureuses conséquences pour les alliés et changea l'issue de la bataille. Pour avoir une idée de la puissance de cette division, il faut rappeler qu'en ordre de marche, elle occupait la route nationale 21 sur soixante kilomètres lorsqu'elle quitta Montauban début juin 1944.

Juin et juillet furent des mois terribles, des mois rouges de sang et de larmes. Il ne se passait pas un jour sans que nous n'apprenions la mort de maquisards et des incendies de villages...

Le 9 juillet, je revenais, sur la route nationale, de la boulangerie de Bayac, en compagnie d'un vieil homme, menuisier à Couze et d'une fermière de la Beynerie.

Nous portions notre miche de pain sous le bras, contents d'avoir été si bien servis. Arrivés près du Colombier, à l'endroit où la route passe sous les falaises rocheuses, nous perçûmes un grondement sourd qui montait de la vallée. Le menuisier qui avait fait la guerre de 14 et connaissait le bruit des chenilles roulant sur un sol dur nous dit :

- Ce sont les Allemands, des chars, une colonne blindée sans doute... Il faut partir, vite !

Nous n'avions pas fait cent mètres que les premières unités arrivaient dans le village.

- Restez calmes, surtout ne courez pas, ils nous tireraient dessus, marchez normalement, nous conseilla le vieil homme.

Les premiers chars arrivèrent à notre hauteur au moment où nous pénétrions sur le terre-plein aménagé entre la route et la falaise. Adossés au rocher, nous les regardions passer. Au bout de quelques minutes, les véhi-

B. GIRONNET

cules stoppèrent, nous avions en face de nous un camion plein de soldats et une automitrailleuse.

Au commandement de leur chef les soldats sautèrent du camion et se positionnèrent, fusil dans les mains et genoux à terre, prêts à faire feu. Le sous-officier qui les commandait s'approcha de nous, l'air hautain, le ventre en avant, un pistolet à la main et, toisant le menuisier, il lui dit en braillant :

- Si les terroristes répondent vous serez fusillés.

Le pauvre vieux, la voix tremblante lui répondit :

- Moi, si vous voulez, mais pas le petit.

Les mitrailleuses se mirent à cracher des flammes et arrosèrent pendant de longues minutes les collines d'en face, puis le feu cessa remplacé par un silence pesant. Nous nous regardions espérant que les maquisards n'auraient pas la mauvaise idée de tirer sur la colonne, sinon… nous étions morts !

De longues minutes passèrent, personne ne bougeait quand j'entendis des pas de bottes.

Un officier, les mains derrière le dos, inspectait la troupe. Il fit signe au sous-officier de s'approcher de lui, lui posa quelques questions, puis se dirigea vers nous et, se plantant à deux mètres, les bras croisés, nous dit:

- Que faites-vous ici ? D'où venez-vous ?

Je répondis le premier :

- On vient de la boulangerie, monsieur, chercher du pain.

Etonné de voir que c'était moi qui parlais, il me regarda dans les yeux et presque en souriant, me dit, en faisant un signe de la tête :

- Allez, *raus*!

- Merci monsieur.

Je ramassai mon pain, saluai mes compagnons et d'un bon pas enfilai le chemin de traverse qui conduisait au plateau du Colombier.

Cinq minutes après, hors d'haleine, le cœur battant, je m'écroulai dans l'herbe. J'étais sauvé ! Ah ! Quel bonheur !... Putain ! Je l'avais échappé belle.

Étendu sur le dos, les bras en croix, je répétais :

- Il faut que je prévienne grand-père, le pauvre vieux, qui a entendu la fusillade et me sait sur la route, doit mourir d'angoisse.

Mais, je n'avais plus de jambes et ne pouvais avancer. J'attendais en fermant les yeux que mon souffle revienne.

Les minutes passaient et j'étais toujours aussi épuisé.

Cinq minutes plus tard, peut-être dix, je retrouvai mon souffle et repartis en courant vers la maison.

Ma course fut extrêmement pénible car, tous les cent mètres j'avais la rate. Ce point de côté qui nous faisait tant souffrir lorsque les copains et moi courions à perdre haleine et que terrassé par ce mal l'un d'entre nous se mettait à crier : « arrêtez, attendez-moi, j'ai la rate ». Grand-père m'attendait au bout de l'allée :

- Qu'est-ce qui se passe ?

- Une colonne d'Allemands est arrêtée sur la nationale. En revenant de chez Planchin on s'est fait coincer par les Allemands dans le tournant du Colombier.

- Qui "on" ?

- Amédée de Couze et Marie de la Beynerie. Ils sont toujours avec les Allemands. C'est un officier qui m'a libéré. Grand-père, il faut partir. Ils risquent de prendre la route de la Beynerie et de venir ici !

- Pas de panique, je laisse un mot à ta mère et nous partons. Quand j'ai entendu les tirs de mitrailleuses, j'ai demandé à ta grand-mère de passer devant et de nous attendre dans la capitelle du bout du champ. Elle a emmené Coquet avec elle.

Cinq minutes plus tard nous partions pour le hameau de Biot situé à deux kilomètres sur la colline. Grand-père avait griffonné un mot, sur le coin d'un journal, qu'il avait posé sur la table de la cuisine, pour avertir ma mère.

Grand-mère nous attendait sur la porte de la capitelle. Quand elle me vit, elle m'embrassa en sanglotant.

- Ça va, mon chéri, ça va ?

- Tu vois bien je suis là !

Je lui racontai mon épopée, elle devint toute blanche et faillit s'évanouir.

Nous allions partir de la capitelle, quand ma grand-mère, affolée, nous dit :

- J'ai laissé la clé sur la porte de la cave ! Si les Allemands viennent jusqu'à la maison il vont boire tout notre vin. Il faut que je retourne chercher la clé.

- Mais, Elisabeth, s'écria grand-père, vous pensez bien que si les Allemands ont envie d'entrer dans la cave, avec ou sans clé, ils y entreront. Ne prenez pas de risque, partons pour Biot.

Mais grand-mère ne voulant rien savoir, retourna chercher la clé.

Grand-père furieux marmonnait : « nom de Dieu... quelle connerie !... Elle qui est toujours si raisonnable... c'est un coup de folie... ».

Elle revint un quart d'heure plus tard, illuminée par l'exploit qu'elle venait de réaliser.

Les tirs reprirent dans la vallée, les balles sifflaient au-dessus de nos têtes. Par chance, le vieux chemin qui conduisait à Biot était bordé de murs de pierres sèches. Ces murs, épais à certains endroits de plus d'un mètre, nous mettaient à l'abri des balles. Inutilisé depuis longtemps, il était devenu impraticable par les attelages et difficile pour nous qui progressions à quatre pattes. Les genévriers avaient poussé, les ronces aussi, et ils formaient une vraie forêt vierge.

Grand-mère, empêtrée dans sa jupe longue, avait beaucoup de mal à avancer mais elle devait continuer en se courbant car il était impossible de reprendre une marche debout sans risquer de se faire tuer par les tirs qui redoublaient.

Seul Coquet, qui nous suivait à quelques mètres, avait la partie facile. En vrai chien de chasse il se jouait des ronces et des buissons.

La végétation, même si elle rendait notre cheminement très pénible, avait toutefois un énorme avantage, elle nous mettait hors de vue du petit avion allemand qui faisait des ronds dans le ciel, à basse altitude, pour renseigner la colonne blindée sur d'éventuels mouvements.

Nous étions presque arrivés en haut de la colline lorsque les tirs cessèrent, le silence se fit, même les oiseaux ne chantaient plus, nous restions figés nous interrogeant du regard. Après plusieurs minutes, grand-père nous dit:

- Je vais voir ce qui se passe.

- Fais attention !... lui dis-je, ils peuvent te tirer dessus !

- Ne t'en fais pas, ils ne peuvent pas nous voir.

Avec lenteur grand-père grimpa sur le mur côté vallée et se redressa doucement. Il n'était pas tout à fait debout quand la fusillade redoubla, il poussa un cri, porta ses mains à la tête et tomba à la renverse.

- Grand-père ! Grand-père ! Qu'est-ce que tu as ?

- Je suis blessé à la tête, mais ce n'est pas grave puisque je parle, je crois que j'ai l'arcade sourcilière ouverte.

- Mais ça saigne ! Il faut arrêter ce saignement. Tu n'as que la peau coupée. Putain !... Le bol que tu as eu. Mets ton mouchoir pour éponger le sang. Restez là, nous sommes près de chez Gustave, je vais aller chercher de quoi te soigner.

Grand-mère, tiens Coquet, je veux pas qu'il me suive.

La maison de Gustave était à deux cents mètres et comme le chemin passait derrière la grange, j'étais à l'abri des tirs.

Arrivé dans la cour j'appelai :

- Gustave, viens vite ! Grand-père est blessé !

Personne ne répondait, le bruit de la mitraille couvrait ma voix. Je fis le tour du bâtiment en rampant derrière les murs pour éviter les balles.

J'appelais sans cesse : Gustave !... Gustave !... pas de réponse !... Le temps passait... Dans la vallée les tirs redoublaient de violence... Enfin !... Après plusieurs longues minutes Gustave répondit :

- C'est toi, Bernard ?

- Oui, c'est moi. Je viens te chercher parce que grand-père est blessé, il est dans le chemin en face du « queyrou » (*), avec grand-mère.

Je crois que ce n'est pas très grave mais il saigne beaucoup.

- Attends-moi, il me reste un peu d'eau oxygénée, je vais prendre aussi le bocal de fleurs de lys et une bande pour faire un pansement.

À notre arrivée, grand-père était couché sur le dos, un mouchoir sanguinolent sur le front.

- Alors, Arthur, qu'est-ce qui t'arrive ? Tu es blessé ?

- Oui, mais tu sais, j'ai eu de la chance, la balle m'a juste ouvert l'arcade sourcilière, un centimètre de plus à gauche… et j'étais mort.

- On va t'arranger ça. T'as fait exprès d'être blessé près de chez moi, dit Gustave en souriant.
Tu t'es souvenu qu'en 14 j'étais infirmier ! Rien de grave mon ami, dans quelques minutes tu seras bon pour le service. Demain tu reviendras me voir, je referai ton pansement. Vous allez où comme ça ?

- Jusque chez le maire, répondit grand-père. Je pense qu'il pourra nous loger cette nuit. Il était convenu avec lui que s'il y avait un pépin dans la vallée on monterait chez

(*) Queyrou : tas de pierres retirées des champs.

lui. Merci pour tes soins, je reviendrai demain dans la matinée si rien de grave ne m'en empêche.

Les tirs avaient cessé, de la vallée montait le bruit des moteurs que l'on remettait en route. Il était dix-sept heures, ça faisait plus de six heures que l'officier allemand m'avait libéré.

Le calme était revenu, c'était l'heure du bilan. Combien de morts ? Combien de maisons incendiées ? Qu'étaient devenus mes deux compagnons d'infortune ? Autant de questions auxquelles personne, pour l'instant, ne pouvait répondre.

À vingt heures, un maquisard nommé Marius vint voir grand-père pour lui donner des nouvelles.

- Alors Marius, où en est-on ? interrogea grand-père.

- D'abord je peux vous dire qu'Amédée et Marie ont été relâchés vers trois heures sans avoir été brutalisés par les Allemands et sont rentrés chez eux. Nous ne savions pas que les Allemands avaient pris des otages et heureusement que le commandant nous avait donné l'ordre de ne pas répondre aux tirs allemands… sinon ils étaient morts !

- Vous auriez fait tuer mon petit-fils !

- Quoi !

- Oui, il était avec eux, un officier l'a libéré en fin de matinée.

- Eh bien ! Quand je vais dire ça au commandant !... Vous me coupez le souffle !... Je continue à vous faire mon rapport :

Un maquisard de Saint-Avit a été tué et sa maison incendiée. Pour l'instant je n'ai pas d'autres informations, je reviendrai demain vous en dire plus. Gaspard est parti en vélo voir ce qui s'était passé.

René, Jacques et Georges n'étaient pas encore rentrés au camp à l'heure où je l'ai quitté. Ils étaient partis en mission de reconnaissance dans le secteur de Bergerac. Le commandant n'est pas inquiet car la traction tombe très souvent en panne et il pense que c'est ce qui a dû leur arriver.

Enfin, mais ça n'est pas très important, plusieurs vaches ont été tuées dans les champs, dont une appartenant à votre cousin Gabriel.

Le commandant voudrait vous rencontrer demain à l'endroit et à l'heure que vous savez.

- Dis-lui que j'ai été blessé mais pas gravement et que j'irai au rendez-vous.

Après ce long rapport, Marius remit son béret, enfourcha son vélo et disparut au croisement des trois chênes.

Ma mère nous avait rejoints vers dix-neuf heures, le temps de revenir de Couze après le départ de la colonne allemande. Le mot, qu'elle avait trouvé sur la table de la cuisine, l'avait rassurée. Mais en voyant son père la tête bandée et après que je lui eus raconté ce qui m'était arrivé elle s'évanouit. Nous n'avions vraiment pas besoin de ça !

Après un potage et un bout de fromage, je partis dans la grange avec Coquet où, exténué, je m'écroulai dans la paille. Quelle journée !

La nuit fut tranquille. Le lendemain à huit heures j'étais toujours endormi dans la grange malgré le remue-ménage fait par le garçon de ferme qui « soignait » les vaches.

Marius revint avec de très mauvaises nouvelles.

- Arthur, c'est dramatique, dit-il, Jacques et Georges ont été tués.

René est vivant, il est rentré cette nuit à trois heures.

- Qu'est-ce qui s'est passé ?

- Comme je vous l'ai dit hier, ils étaient partis faire une reconnaissance du côté de Bergerac pour voir s'il y avait des mouvements de troupes allemandes.

Arrivés à Saint-Nexans, dans un virage, ils sont tombés nez à nez avec une automitrailleuse allemande.

René a aussitôt fait marche arrière, mais il n'avait pas fait cent mètres que les Allemands ouvraient le feu, immobilisant la traction. Il n'y avait plus qu'à s'enfuir en courant.

René est parti vers la gauche, ce qui l'a sauvé, car par chance une vigne bordait la route. Le couvert lui a permis de ramper jusqu'à un fossé d'irrigation où, protégé des balles, il a pu s'éloigner.

Les deux autres n'ont pas eu la même chance, le champ de leur côté était un « rastoul »(*), les Allemands les ont flingués comme des lapins et avant de partir ils ont mis le feu à la traction.

Le commandant a envoyé une équipe pour récupérer les corps et les rendre aux familles.

Il faut aussi trouver le moyen de faire des funérailles discrètes pour que les parents ne soient pas inquiétés par les autorités de Vichy qui pourraient les accuser de soutenir des terroristes. Jacques et Georges, mineurs, sont sous l'autorité et la responsabilité des parents. Raoul est parti voir le maire et le curé de Couze pour essayer d'arranger tout ça. Il doit passer vous voir en revenant.

Le commandant m'a demandé d'aller jusqu'à Saint-Avit, pour compléter l'enquête, car on ne sait pas encore,

---

(*) Rastoul : chaume de blé.

avec certitude, ce qui s'est passé hier et il vous attend à l'heure convenue.

À demain en fin de matinée, je passerai chez vous au Colombier.

Marius venait juste de repartir quand je sortis de la grange en me frottant les yeux, la faim m'avait réveillé et je n'étais pas encore très lucide. Ce qui m'intéressait d'abord c'était de boire un grand bol de café au lait avec une tartine beurrée.

Grand-père était assis sur un banc de pierre près de la mare. Je me dirigeai vers lui pour l'embrasser et lui souhaiter une bonne journée, quand, j'arrivai près de lui, je vis qu'une larme coulait sur sa joue.

- Qu'est-ce qu'il y a, grand-père ?

Il me prit dans ses bras.

- Tu sais il est arrivé un grand malheur, Jacques et Georges ont été tués hier. Ils étaient en voiture avec René près de Bergerac quand une automitrailleuse allemande leur a tiré dessus. René est vivant. C'est Marius qui vient de me le dire. Quel malheur ! Les pauvres petits, eux qui croyaient en Dieu... j'espère qu'ils sont au paradis !

J'avais la gorge serrée, j'étais comme étranglé par le chagrin. Incapable de dire un mot, je laissais couler mes larmes sur l'épaule de grand-père. Je pensais à la Sainte

Vierge de Jacques qui n'avait pas fait son boulot de protection. Comment se pouvait-il qu'une aussi belle Sainte Vierge n'ait pas sauvé Jacques ? Je n'arrivais pas à admettre qu'il était mort, on ne meurt pas à quinze ans !... Saloperie de guerre !... Et le bon Dieu !... Qu'est-ce qu'il avait foutu pour éviter ça ?... J'étais révolté.

Je pense que c'est depuis ce jour de juillet 1944 que, de temps en temps, le problème de la finitude de l'homme me taraude l'esprit.

Heureux les croyants qui ont un passeport pour l'au-delà rempli de certitudes, je les envie, mais ce n'est pas mon cas... alors !... Il faudra attendre le dernier jour pour avoir la réponse. Pour l'instant je fais la route avec mes humaines convictions.

C'était la première fois que je voyais pleurer grand-père. Ses yeux marrons sous des sourcils épais, ses cheveux coupés ras, sa longue moustache qu'il caressait sans cesse, son port majestueux et sa forte présence m'avaient toujours impressionné. Pour l'enfant que j'étais, voir pleurer mon grand-père, cet être d'exception, était une chose que je n'avais jamais imaginée.

Pour l'instant je devais sécher ses larmes qui me faisaient mal, et lui montrer que je pouvais affronter tous ces malheurs. Je ne voulais rien faire qui puisse ajouter à sa peine.

10

14 juillet 1944.

Notre jeune cousin Georges de Larocal a été tué ce matin par les Allemands, il laisse une veuve et une petite fille de neuf mois.

Alors qu'un détachement de son groupe de maquisards participait à Villeréal à la célébration de la fête nationale, il était resté, avec huit de ses camarades, au camp de base dans une ferme isolée de Tourliac aux confins de la Dordogne et du Lot et Garonne.

Une colonne allemande, apparemment bien renseignée, a encerclé le bâtiment et a massacré les « terroristes », le propriétaire des lieux et son fils.

23 août 1944

Jour de la libération de Paris. Toute la journée grand-père et son ami Gustin firent sonner les cloches de l'église, soutenus par la population qui apportait vivres et boissons. Une demie de vin fut mise en perce sur le parvis. Les gens riaient… dansaient… s'embrassaient. Pour moi la guerre était finie. Certes on se battait dans la région parisienne, mais Paris était loin !… Très loin… au nord !… Et puisque la capitale était libre, nous l'étions aussi…

Fin 1944 et 1945

Les Allemands n'étaient plus là et c'était l'heure des règlements de comptes, surtout pour les collabos qui avaient cru en la victoire allemande. Malheur à eux ! Certains furent exécutés par des maquisards, souvent de la dernière heure, qui, pour affirmer leur participation à la libération de la France, paradaient avec brassards et galons.

Ce fut une triste période où la France de Pétain se découvrit résistante.

Grand-père était désolé. Je l'entendis dire un jour au commandant :

- Essaye de maîtriser ces maquisards de merde, ils font plus de mal que de bien. Tout homme, même s'il a commis les pires atrocités, a le droit d'être jugé. On nous reprochera ces crimes après la guerre. S'il faut employer la force…

Mon père, rapatrié par les Américains, rentra fin juin 1945 et mon oncle de Monsac, libéré par les Russes, ne revint que début septembre après un passage en URSS et un retour en bateau d'Odessa à Marseille.

Pour nous la guerre était vraiment finie, « les hommes » étaient rentrés.

Mais pour moi la vie changea.

Mon père que j'avais peu connu, puisqu'il était parti depuis plus de cinq ans, reprit sa place à la maison et grand-père, si actif pendant la guerre, revint à ses habitudes de jardinage la semaine, et de belote le samedi et le dimanche chez Combe.

Nous avions l'habitude de vivre à quatre, l'homme de la maison était grand-père, et voilà que l'arrivée de mon père me perturbait, et je n'appréciais guère qu'il prenne le pouvoir.

De temps en temps le commandant passait chercher grand-père pour aller manger des écrevisses chez Tandry à Montpazier.

Ils devaient sans doute « refaire » leur guerre, les anciens combattants aiment bien ça !

Le commandant, instituteur dans le civil, avait repris le chemin de l'école, tout rentrait dans l'ordre.

L'école, qui avait été « complètement bordélique » jusqu'à la fin de la guerre, comme disait mon copain Antoine, devint une chose sérieuse.

Le premier octobre, venant de Boisse, où elle avait exercé pendant la guerre, débarquait à Bayac, une demoiselle, institutrice du type Troisième République, qui nous fit comprendre sans détour que maintenant le bordel était terminé et que nous allions passer aux choses sérieuses. Je traduis évidemment sa pensée car elle parlait un langage châtié qui n'avait rien à voir avec mon vocabulaire.

Son arrivée fut une autre chance de ma vie.

En une semaine elle avait testé tous les élèves, organisé les divisions, et mis tout le monde au travail. Nous étions quarante et un élèves, du cours préparatoire à celui du certificat d'études.

J'étais en CM2 avec Claire.

Nous n'étions que deux élèves dans cette division et sur le même banc. Un banc à claire-voie et pupitre à casier dans lequel nous mettions nos livres.

L'espace, entre les lattes du banc, me permettait de lui piquer les fesses avec une plume Sergent Major. Elle protestait bien entendu, mais pas trop fort pour ne pas attirer l'attention de la maîtresse qui, avertie, m'aurait puni, c'est sûr, mais qui l'aurait punie aussi pour « trouble à l'ordre public ».

En lisant ces lignes vous pensez sûrement que j'étais un élève dévergondé. Eh bien !... Pas du tout ! J'étais plutôt du genre sérieux, mais je voulais simplement dérider Claire que je trouvais trop coincée, et c'est pour ça que, de temps en temps, je la taquinais.

Nous étions tous les deux de très bons élèves qui rivalisaient de performances pour être premier de la classe. Vous allez dire que premier ou deuxième ça ne faisait pas une grosse différence, mais, pour nous c'était important d'être en tête.

Nous aimions la compétition intellectuelle et de temps en temps, quand la maîtresse nous en donnait l'autorisation, nous faisions les dictées et les problèmes de la classe du certif. C'était le moyen que nous avions trouvé pour nous hisser au niveau des « grands ». Très souvent, Claire en dictée et moi en problème, sortions vainqueurs de ces joutes scolaires.

Un sourire complice nous unissait après chacun de nos triomphes.

Comme nous faisions partie des cinq plus grands, à tour de rôle, le matin à huit heures et demie, nous allumions le poêle, à neuf heures il ronflait bruyamment, ce qui donnait l'illusion d'une bonne chaleur, alors que le grand thermomètre, accroché sur le mur, indiquait quinze degrés.

À cette époque, nous avions froid partout, à la maison, dehors, dans la classe… Le matin, pour venir à l'école, certains, plus gâtés, mettaient des châtaignes chaudes dans leurs poches de pantalon. Au début ça leur brûlait les cuisses pour ensuite entretenir une douce chaleur. Comme je n'avais pas toujours des châtaignes, je les remplaçais par des petits galets de rivière que je faisais chauffer dans le four de la cuisinière. Enveloppés dans du papier journal, ils avaient l'avantage de rester chauds beaucoup plus longtemps que les châtaignes.

Le soir, de quatre heures et demie à cinq heures, il fallait balayer la classe. Pour cette corvée nous étions deux, un arroseur et un balayeur… j'allais dire un arrosé !… Parce que c'était souvent le cas ! L'arroseur, muni d'une boîte conique, percée et remplie d'eau, faisait des ronds sur le sol, tandis que le balayeur, armé d'un mauvais balai de brande, s'efforçait de nettoyer le plancher.

À cinq heures, les gars du « certif » et du CM2 reprenaient le travail jusqu'à six heures. La maîtresse tenait à nous faire rattraper le temps perdu pendant la guerre, et y parvint, non sans difficulté, avec beaucoup de dévouement.

En décembre, il se mit à neiger, chose rare au sud du Périgord. Le pré de la Beynerie, où l'été nous faisions nos descentes en pneu, était recouvert d'une couche de neige de plus de dix centimètres. Nous n'avions ni luge, ni skis ; il fallait donc que j'invente quelque chose pour profiter de cette neige. C'est alors que me vint l'idée de transformer mon vélo : il suffisait pour cela de remplacer les roues par des patins. Mais, comment faire les patins ? Ils devaient être incurvés pour ne pas buter dans le sol et je n'avais pas le rabot de menuisier pour façonner des planches. Après quelques heures de réflexion, je trouvai la solution, je démontai une vieille barrique de vin, récupérai deux douelles qui avaient le profil recherché pour résoudre mon problème. Je venais de faire ma première invention sérieuse : le véloski[(*)].

Il existe toujours, je l'ai gardé en souvenir de « ma première neige ».

En janvier la maîtresse convoqua ma mère pour lui dire que j'étais capable de faire des études et qu'avec son autorisation, elle aimerait me présenter, en juin, à l'examen d'entrée en sixième.

[(*)] J'ai appris sur Internet que le véloski avait été « inventé » aux USA dans les année 1970 !... Dommage !... À 10 ans je n'avais pas déposé de brevet.

Ma mère et mon père acceptèrent sans enthousiasme, ma grand-mère fut contre, « parce qu'elle ne me verrait plus », quant à grand-père il fut enchanté, convaincu que je devais « aller à l'école le plus longtemps possible ».

C'est ainsi qu'en juin j'étais admis en sixième au collège d'Eymet, à quarante kilomètres de chez moi.

Je partirais donc en octobre pour cette terre lointaine... que j'atteindrais après un jour de voyage en car et en train... tel était mon destin !

Claire restait à Bayac pour passer le « certif », elle n'avait pas la chance de partir elle aussi.

À l'époque ce n'était pas courant pour les familles ouvrières ou paysannes de faire faire des études à leurs enfants, aux filles en particulier, et Claire était dans ce cas.

Elle se vengea gentiment l'année suivante en se classant première du canton au certificat d'études primaires.

À propos de mon examen d'entrée en sixième, il faut que je vous relate une anecdote.

Soixante ans plus tard, alors que je consultais un médecin de mes amis, maire de Lalinde, je lui posai la question suivante:

- Tu sais si mademoiselle Le Bel est toujours vivante ? J'aimerais bien la revoir.

Il me répondit :

- Bien sûr qu'elle est vivante et à quatre-vingt-seize ans elle se porte comme un charme. Va la voir, je suis sûr que cela lui fera plaisir. Elle habite toujours dans la maison de ses parents route de Périgueux.

Après la consultation, bien qu'il soit près de midi, je décidai d'aller voir ma « maîtresse ».

Une petite dame, cassée en deux, vint m'ouvrir et me dévisagea un court instant.

- Ah !... C'est toi Bernard ! Entre.

- Vous me reconnaissez ?...

- Oh !... Oui, je reconnais tes yeux.

- Je peux vous embrasser ?

- Bien sûr, je suis si contente de te voir. Tu sais, mais j'ai déjà dû te le dire, tu as été le premier de mes élèves à décrocher l'agrégation. Je ne peux pas t'oublier. Vous avez été deux dans ma carrière à parvenir à ce niveau, toi et une fille de Bordeaux.

- Assieds-toi dans le salon, on a le temps de boire l'apéritif, tu me donneras de tes nouvelles.

Elle revint avec un plateau garni de biscuits et une bouteille de Porto.

Après un retour en arrière sur ma vie et sur la sienne, elle me posa soudain la question :

- Tu te souviens de la faute que tu avais faite dans la dictée d'entrée en sixième ?

- Non, pas précisément.

- Eh bien je vais te le dire, tu avais écrit cache-nez, avec un "t", tu te rends compte ! Heureusement que tu avais réussi dans les autres matières !

Pendant une fraction de seconde j'ai cru qu'elle allait me dire : « Tu le copieras cent fois ».

J'étais sidéré et consterné d'apprendre que, soixante ans plus tard, elle se souvenait de la faute que j'avais faite dans la dictée de l'examen d'entrée en sixième, faute que j'avais oubliée depuis longtemps...

J'ai failli lui dire : « Rassurez-vous, je ne la ferai plus », mais je n'ai pas osé.

11

Le mois de juillet 1946 fut un mois magnifique, chaud et sans pluie. Tous les jeudis, avec grand-père, Antoine, et Coquet, je partais pêcher aux Pesqueyroux près de Lalinde, où la Dordogne est peu profonde en été lorsque le barrage de Tuilières est ouvert pour cause d'entretien. Le cours de la rivière, large en hiver de plus de cent mètres à cet endroit, se réduit l'été en un torrent impétueux de quelques mètres seulement. Des poches d'eau, alimentées par de petits canaux creusés dans la roche du fond du lit, abritent des colonies de poissons, des barbeaux en particulier, qu'il est facile d'attraper à la main en plongeant dans ces piscines naturelles. L'eau y est chaude, c'est un vrai délice de mêler pêche et natation.

On passe le bras dans les trous d'eau sous la roche jusqu'à ce que le bout des doigts touche le flanc visqueux d'un poisson, puis, lentement et avec douceur on lui caresse le dessous du ventre. Les poissons aiment ça, ne bougent pas et après quelques passes on le saisit fermement au niveau des ouies et la prise est faite.

Nous arrivions sur les lieux vers onze heures après avoir marché plus d'une heure car la route était longue. Nous devions traverser le massif collinaire qui borde la rive gauche de la rivière, un kilomètre de montée, un kilomètre à plat, un kilomètre de descente.

Pendant qu'Antoine et moi attrapions des poissons, grand-père faisait un feu sur la roche du lit asséché au pied du talus de la rive pour éviter tout risque d'incendie. Le bois sec, charrié par les crues hivernales, abondait. Vers midi, une braise épaisse cuisait en quelques minutes les poissons préparés par grand-père. La table, avec fourchettes, couteaux et verres, était dressée par ses soins sur une couverture écossaise qu'il avait ramenée de la Marne en 1918. Il devait aimer cette couverture, car chaque fois que nous partions manger sur l'herbe elle était du voyage. Il choisissait toujours, pour l'étaler, un coin plat et ombragé, près d'une source qui jaillissait de la colline. Dans un bassin de rétention fait de trois pierres qui barraient le cours du filet d'eau, il plaçait, dès son arrivée, la bouteille de vin rouge préparée par ma grand-mère. Je dis "préparée" car, en été, elle n'acceptait pas que grand-père puisse boire, « avec cette chaleur », du vin pur. C'était pourtant un petit vin de neuf degrés, qu'elle ramenait à sept par mélange de trois quarts de vin et d'un quart d'eau. Chaque fois que grand-père prenait une bouteille pour la mettre dans sa musette, il marmonnait : *In doco nous bandorin pas* (*).

Ces repas pris sur l'herbe avec grand-père nous enchantaient, car, braconnier expérimenté, il répondait à toutes nos questions de « petits pêcheurs d'eau douce », comme il disait. C'est lui qui m'avait appris à caresser le ventre des truites sans les effrayer, en passant les mains dans les herbes limoneuses de la Couze.

Un jour à la fin du repas, tout en allumant sa cigarette, il nous posa la question :

- Alors les gars, est-ce que vous connaissez la légende du Coulobre ?

- Non.

- C'est quoi le Coulobre ?

- Le Coulobre est un dragon qui habitait dans la grotte de la falaise, juste derrière nous. Vous pouvez en voir l'entrée entre les deux chênes, à droite.

- Oui et alors ? dit Antoine.

- Eh bien, ce dragon se nourrissait des bateliers qui tombaient à l'eau lorsque leur gabare se renversait dans le rapide qui est en face de nous. Tous ces pauvres gens avaient une trouille bleue de naviguer sur ces eaux, ils se voyaient jetés aux enfers et dévorés par ce monstre hideux.

(*) Avec ça nous ne nous saoulerons pas.

- C'est affreux ! Pourquoi cette légende ?

- Eh bien, parce que le fond de la rivière est rocheux entre Lalinde et Rottersac, ce qui fait que l'eau n'a pas pu creuser un lit profond à cet endroit, créant ainsi un barrage naturel qui rend la navigation extrêmement dangereuse. On appelle ça un saut. Ici c'est le saut de la Gratusse.

- Pourquoi Gratusse ? C'est rigolo comme nom, ça fait un peu « gratouille ».

- Tu as raison. En hiver, lorsque la rivière était pleine, l'eau recouvrait tous les rochers, mais, comme elle était peu profonde, très souvent, les rochers « grattaient » les fonds plats des gabares et les déchiraient quelquefois.

Cet endroit était si dangereux pour la navigation que dans les années 1848 on a creusé un canal latéral qui va de Mauzac à Tuilière, évitant ainsi aux bateliers de passer par ici.

- Qu'est-ce qu'il est devenu le Coulobre ?

- La légende prétend que l'apôtre Saint Front fit dresser un bûcher sur la colline en face de Lalinde, à l'emplacement de l'église actuelle, et ordonna au dragon de s'y précipiter, ce qu'il fit, puisque c'était un homme de Dieu qui l'exigeait. Et le pauvre dragon, brûlé à mort, disparut à jamais. Creusant la roche avec ses côtes, il s'enfonça dans la Dordogne, juste dans le courant en face de nous.

- Il est là, il nous regarde peut-être !

- J'aime pas les légendes, dit Antoine. Qui peut croire ces balivernes ?

- Tu sais, c'était une belle façon de trouver le responsable de tous ces naufrages. L'homme invente souvent de belles histoires pour cacher la réalité des choses. Et puis, ça donnait un sacré lustre à l'Eglise qui, seule, avait été capable de terrasser le monstre.

- Maintenant vous savez où vous mettez les pieds et les mains lorsque vous farfouillez sous les rochers. Il faudra être très prudents pour éviter de vous faire mordre !

J'éclatai de rire.

Antoine se tourna vers moi :

- Qu'est-ce qui t'arrive, t'es pas un peu con !

Grand-père souriait.

- Je pensais à ma grand-mère qui, si elle avait assisté à la conversation, aurait dit : « Arrêtez Arthur, vous allez effrayer ces pauvres enfants ».

Tout le monde se mit à rire, même le chien qui avait soulevé la tête pour nous regarder.

Après s'être allongé dans l'herbe, la tête bien calée sur sa veste pliée en quatre, le béret rabattu sur le visage, grand-père avait déclaré :

- Assez de calembredaines, nous allons passer aux choses sérieuses, une petite sieste nous fera le plus grand bien.

Antoine et moi n'étions pas les rois de la sieste mais nous ne voulions pas être désagréables et puis il faisait si chaud que finalement !…

Coquet aussi aimait la sieste, encore plus que grand-père, il l'aimait tellement qu'il se couchait dès que nous arrivions et n'ouvrait l'œil que pour manger les restes de poisson. C'était un « vrai chien de pêche » comme disaient les médisants.

Après la sieste et une bonne baignade à laquelle participait grand-père avec son caleçon long, très à la mode au début du siècle, mais qui, pour nous, faisait un peu vieillot, nous repartions chargés chacun d'un sac de jute contenant notre pêche. L'eau des poissons coulait dans notre dos, imprégnant nos chemises d'une odeur de fraîchin.

Nos prises, toujours à la hauteur de nos espérances, nous permettaient chaque fois d'en donner aux voisins qui, à cette époque n'avaient pas souvent l'occasion d'en manger, le poissonnier ambulant ne passait que trois fois l'an dans nos campagnes.

Le barbeau n'est pas le meilleur poisson du monde, mais, bien grillé, accompagné d'une sauce piquante à l'oseille, comme savait le faire grand-mère, c'est excellent.

Quelquefois, dans le grand courant, nous avions la chance de piquer une belle truite, mais c'était rare, et il fallait, le plus souvent, se contenter de barbeaux et de leurs arêtes.

Ces journées étaient tellement fantastiques pour Antoine et moi, que toute notre adolescence nous avons prié grand-père de nous accompagner aux Pesqueyroux, ce qu'il faisait avec plaisir, sans jamais essayer de se dérober. À la fin de sa vie il prétendait que le trajet était trop long pour « ses pauvres jambes », mais, il était si heureux avec nous, qu'il ne renonça jamais à faire le trajet.

Et puis, le carburant revint et les automobiles aussi.

Le père d'Antoine qui avait une vieille Citroën nous conduisait quelquefois jusqu'à la rivière lorsque son emploi du temps le lui permettait, ce qui plaisait à grand-père qui en profitait pour tailler une bavette avec le père Marbly.

12

En ce premier dimanche d'août 1946, la fête votive de Bayac reprenait vie, les manèges, les stands de tir et la salle préfabriquée du bal populaire avaient retrouvé leur place dans la grande prairie du château. La foule était au rendez-vous, la guerre était finie, on sentait que les gens étaient heureux de se retrouver après cette épreuve terrible.

Mon oncle de Monsac était venu déjeuner à la maison avec ma tante. Il était d'une maigreur effrayante, les joues creuses, la bouche édentée, seuls ses deux grands yeux noirs éclairaient son visage. Et pourtant, depuis près d'un an qu'il était revenu du camp de déportation allemand, il s'était bien remplumé comme disait ma tante.

Grand-père et moi étions allés le chercher à la gare de Couze le jour de son retour. Il était si maigre qu'on aurait dit un squelette habillé.

Grand-père, les larmes aux yeux, lui touchait les bras, la figure, et répétait :

- Mon petit, qu'est-ce qu'on t'a fait…

J'étais en larmes, mais au fond de moi je sentais que pour lui la vie allait recommencer.

La fête durait deux jours, du dimanche au lundi. Le dimanche, rampeau, apéritif, gueuleton, manèges et bal. Le lundi, concours de pêche, apéritif, repas amélioré sans être le gueuleton de la veille, course cycliste, manèges et bal avec orchestre musette.

Le concours de pêche du lundi était réservé aux enfants, il durait de onze heures à midi.

Après tirage au sort, nous nous rendions au bord de la rivière en face du piquet qui portait notre numéro. Au signal donné par l'explosion d'un pétard, la pêche commençait. Au bout d'une heure, nouvelle explosion avec l'obligation, pour les enfants, de poser les cannes. Un commissaire désigné par le comité des fêtes, passait compter les poissons et, évidemment, celui qui en avait pêché le plus grand nombre avait gagné.

Ce jour-là, je remportai la palme devant mon copain Antoine, que j'avais battu de trois vairons… Un exploit ! Car, à ce jeu, il était plus fort que moi, mais le sort m'avait gâté, j'étais tombé à une meilleure place.

Après la distribution des prix, cinq tours de manèges et une menthe à l'eau, je décidai de repartir à la maison car il était près de midi et demie, l'heure d'aller manger.

J'avais repris mon vélo laissé chez Combe.

Je repartais en sifflant, heureux de ma victoire, quand une voiture surgissant de la foule, fonça sur moi, me projeta à terre, me passa dessus et finit sa course dans le mur du fossé.

J'étais complètement démoli, mon corps mélangé à la ferraille de ma bicyclette, lorsqu'une vingtaine d'hommes alertés par les cris, soulevèrent la voiture pour me dégager.

Au moment où je fus délivré, j'étais conscient et je n'avais pas mal.

Une minute après je sombrai dans un coma qui allait durer trois jours. J'étais bien, couché dans un long tunnel sombre avec une intense lumière jaune au bout.

Je pense que si j'avais perdu la vie ce jour-là, je serais mort sans souffrance, presque dans un bonheur absolu… quand on est vraiment atteint, on ne souffre plus !

Je me réveillai dans mon lit, ficelé comme un saucisson par des bandes Velpeau, incapable de bouger un bras ou une jambe, seule ma tête acceptait une petite rotation de droite à gauche.

Je me souvenais de l'accident mais je me demandais, pourquoi, alors que j'étais sur le bord de la route, cette voiture avait foncé sur moi. L'explication vint de ma mère qui depuis plusieurs jours priait Dieu pour que je revienne à la vie et se trouvait constamment à mon chevet.

- La voiture, me dit-elle, était celle du procureur de la République de Bordeaux. Ce n'est pas lui qui conduisait mais un de ses enfants, qui, inexpérimenté, a perdu le contrôle de la voiture en passant dans la foule. Il a lâché le volant et la voiture est partie droit devant, t'a percuté et s'est arrêtée dans le mur du fossé. Tu as un gros trou dans la jambe, ajouta-t-elle, dans la cuisse, juste au-dessus du genou droit, c'est un boulon du pot d'échappement qui te l'a fait et « grâce » à lui tu as été tracté sous la voiture pendant toute sa course, ce qui a évité que tu sois écrasé par les roues arrière. Quand la voiture s'est arrêtée dans le mur, ta tête était à dix centimètres de la roue arrière droite. Le médecin pense que tu vas t'en sortir sans trop de complications, mais il faudra être patient, ça risque de durer des mois.

En effet, il a fallu cinq mois avant que je puisse mettre un pied devant l'autre.

À part les séances de piqûres que je n'aimais pas, et le changement des pansements, je ne souffrais pas trop.

Je pouvais lire, un peu au début, avec le secours de grand-mère, puis l'usage de mes bras revenant, je retrouvai mon autonomie.

Heureusement que je pouvais lire !... Sinon je me demande bien ce que j'aurais fait de mes journées.

Tous les jours un copain venait me voir et me donnait les dernières nouvelles de l'école.

Je suis resté cloué au lit pendant trois mois avant que le docteur m'autorise à m'asseoir dans un fauteuil.

Évidemment, le premier octobre, je n'avais pas rejoint le collège, mon entrée en sixième était reportée à l'année suivante, à condition que je repasse l'examen en juin et que je le réussisse à nouveau. Cet examen était en réalité un concours puisque au collège le nombre de places en sixième était limité à trente. Mais cette perceptive ne m'effrayait pas, j'avais le temps, d'ici à juin, de réviser et d'être prêt, et je ne doutais pas de ma réussite.

La rééducation de mes muscles fut longue et difficile, l'immobilisation de plusieurs mois les ayant gravement endommagés. J'avais grandi, mais je ne tenais plus sur mes jambes. À partir du mois de janvier, en utilisant deux béquilles que m'avait fabriquées grand-père, j'arrivais à me déplacer dans la maison. Un vrai bonheur.

En plusieurs mois j'avais lu tous les bouquins de mon grand-père, pas très nombreux il faut l'avouer, mais aussi ceux apportés par mes copains. Pour compenser le manque de livres, je devais me contenter de la lecture du journal quotidien. Mais à l'époque, la politique ne m'intéressait guère.

Heureusement !... Tous les soirs, grand-père passait me voir.

Après avoir pris quelques nouvelles de ma santé, il s'installait dans le fauteuil près de mon lit, et nous commencions une conversation qui durait très souvent jusqu'à l'heure du souper, quand ma grand-mère venait le prier de passer à table.

Nous parlions surtout d'histoire et de géographie. C'est à cette époque qu'il m'a « appris » le Périgord, son Périgord dont il parlait avec chauvinisme et passion :

- Le Périgord c'est la plus belle région de France. Il y a tout chez nous, étangs, rivières, grottes, châteaux, bastides, forêts, vignes…

- Je suppose qu'il en est de même pour toutes les régions de France.

- Pas du tout ! Le Périgord est la région de France qui compte le plus grand nombre de sites historiques après Paris. C'est en outre l'un des gisements préhistoriques les plus riches au monde.

Tu as entendu parler des Eyzies, de l'homme de Cro-Magnon… des pierres taillées…

- Oui,… bien sûr.

- L'homme de Cro-Magnon c'est 35 000 ans avant Jésus Christ, mais il y a bien plus vieux que ça. Dans la grotte des Colombies, ici, à Bayac on a découvert un homme de Néandertal vieux de plus de 40 000 ans. Les Néandertaliens ont vécu dans notre région de 120 000 ans à 30 000 ans avant Jésus Christ. Et puis tu sais, nous ne savons pas tout du passé de l'homme, toi peut-être ou tes contemporains, découvririez sans doute que l'homme a des origines encore plus anciennes.

Lorsque j'ai fait les fouilles de La Gravette, avec Lacorre(*), et que nous avons découvert des milliers de lames taillées datant d'environ 10 000 ans avant JC, nous avons exigé qu'à la fin de notre fouille, le site soit fermé pendant cent ans, pour que les préhistoriens dans le futur, bien mieux outillés que nous, puissent en tirer des enseignements qui étaient hors de notre portée.

- Tu te souviens que l'an dernier, avec Antoine, j'avais trouvé des silex taillés dans le champ.

- Oui, c'étaient des grattoirs néolithiques qui avaient environ 6 000 ans. Peu de gens savent que la vallée de la Couze est aussi riche en sites préhistoriques que la vallée de la Vézère. En me promenant dans les collines qui bordent la Couze, surtout au nord, j'ai trouvé des dizaines de sites qui n'ont jamais été fouillés. Il reste du pain sur la planche pour les préhistoriens.

- J'aimerais que tu me parles aussi des bastides, je connais leur nom, mais pas leur histoire.

- Les bastides c'est quelque chose de très particulier à notre région. Il faut se souvenir que pendant trois siècles

---

(*) Fernand LACORRE, *LA GRAVETTE. Le Gravétien et le Bayacien*, C.N.R.S. 1960.

les Anglais occupaient l'Aquitaine et que nous, ici, en Périgord noir, nous étions sur la frontière qui séparait les possessions du roi d'Angleterre de celles du roi de France.

La plus ancienne des bastides est celle de Villefranche-du-Périgord, plus au sud, qui fut fondée en 1261, et fut le siège de combats particulièrement violents pendant la guerre de cent ans.

Plus au nord en revenant vers chez nous, il y a la bastide de Monpazier qui fut fondée en 1284 par Edouard I, roi d'Angleterre. Elle changea plusieurs fois de main pendant la guerre de cent ans.

La ville de Monpazier a une architecture particulière, c'est un rectangle, où toutes les rues sont parallèles aux côtés, avec une grande place bordée d'arcades au centre. D'ailleurs quand tu seras remis, si Marbly peut nous emmener avec sa voiture nous irons y faire un tour. Il faut que tu connaisses Monpazier, c'est la ville dont ton arrière grand-père fut maire de 1876 à 1901. Tu verras, c'est une ville magnifique qui a gardé un charme particulier. On se croirait au Moyen Âge, en outre, je connais un excellent restaurant.

- Je serais vraiment content d'y aller et comme nous irons au restaurant, manger des écrevisses je suppose… il me tarde d'être rétabli.

- Ne t'inquiète pas, tu seras sur pied très vite !

- Nous parlions des bastides…

B. GIRONNET

- J'en termine. Nous sommes ici à sept kilomètres de Beaumont qui fut construite en 1272 par le roi d'Angleterre et à quatre kilomètres de Lalinde qui fut gallo-romaine avant d'être transformée en bastide au treizième siècle. À Lalinde il ne reste plus rien des fortifications, seule une porte romane subsiste à l'ouest. À Beaumont par contre, l'église fortifiée est une des plus belles églises gothiques militaires du Périgord. Il faudrait, pour être complet parler de la bastide de Molière qui ne fut jamais achevée...

Ainsi, grâce à grand-père, j'ai visité le Périgord du nord au sud, de l'est à l'ouest, le vert, le blanc, le noir, avec ses châteaux, ses grottes, ses truffes, ses foies gras et ses vins bien sûr, les fameux Monbazillac et Pécharmant.

À Pâques j'étais complètement remis.

À la rentrée je repris le chemin de l'école où je retrouvai Claire.

Les choses avaient changé, Claire était maintenant dans la classe du « certif », et moi je redoublais le CM2. Cela, en principe, car la maîtresse, qui connaissait notre complicité, m'avait replacé à côté d'elle et je terminai ma scolarité primaire dans le cours du certificat d'études primaires, avec les grands. La gloire quoi !

B. GIRONNET

En juin, Claire remportait le « bouquet » cantonal, et moi, pour la deuxième fois, j'étais admis en sixième.

13

Le 30 septembre 1948 vers quatorze heures, départ pour le collège, la malle contenant mes draps, mes couvertures, mes vêtements,… était ficelée sur le toit de la traction du boulanger, réquisitionnée pour effectuer cette mission lointaine.

Je n'étais pas triste, mais pas rassuré. Un mélange d'angoisse et de désir de connaître le nouveau monde dans lequel j'allais vivre occupait mon esprit. Je savais que je partais pour trois mois, jusqu'aux vacances de Noël, trois longs mois sans revoir ma famille, seul, loin du monde de mon enfance.

Grand-père, assis sur le banc de pierre devant la porte, nous regardait nous agiter ma mère et moi autour de la voiture.

Voyant que l'heure du départ allait sonner il me fit signe de m'approcher.

- Avant que tu partes pour le collège, à ce tournant de ta vie, je voudrais te dire, deux choses qui me paraissent importantes :

La première, c'est que l'avenir n'est pas écrit, ton avenir c'est toi qui l'écriras et tu l'écriras d'autant plus facilement que tu seras instruit.

La deuxième, c'est que l'homme a inventé les religions parce qu'il a peur de la mort, malheureusement, dès que l'homme pratique une religion il perd son libre-arbitre. Si tu ne veux pas perdre le tien, pour que tu puisses garder ton indépendance d'esprit, ta liberté de jugement,... il faudra que tu sois instruit.

Je voudrais que tu deviennes un honnête homme, brave, franc et intègre et pour ça, la meilleure des solutions est d'apprendre, toujours apprendre, à l'école bien sûr, mais aussi en regardant vivre les autres.

Je t'ai appris à regarder le ciel, à écouter les oiseaux, à les reconnaître à leur chant, à pêcher à la main, à poser des collets, à chercher les cèpes et les truffes,... mais je n'ai pas eu le temps de « t'apprendre » les hommes, tu étais trop jeune. Il faudra que tu le fasses toi-même en vivant dans ce monde et ça ne sera pas simple. Mais tu y arriveras !

Au collège, tu vas vivre seul au milieu des autres, ce ne sera pas toujours très agréable, la solitude, les coups bas seront durs à supporter. Mais je sais que tu feras face à l'adversité. Dans les moments pénibles, pense à la division allemande, à ton accident de voiture, et tu verras que l'ennui du moment deviendra un épisode sans importance.

Allez ! Je crois que je t'ai donné assez de conseils pour aujourd'hui, sinon tu vas me prendre pour un vieil emmerdeur.

Une dernière chose :

- Si tu as un peu de temps, tu m'écriras ?

- Oui,... mais toi tu me promets de bien soigner Coquet. Vous allez me manquer...

La voiture roulait depuis une demi-heure. Installé à l'arrière, les yeux mi-clos, je revoyais grand-père, un soir, devant la cheminée, me racontant, en occitan bien sûr, des histoires à voix basse, car ma mère et ma grand-mère n'aimaient pas cette façon qu'il avait de faire d'un événement banal, une histoire incroyable, qui nous faisait rire.

Évidemment, je jouais le jeu !

- Grand-père, ce que tu racontes, c'est tout vrai ?

- Pourquoi, tu crois que je vais te raconter des mensonges, je dis toujours la vérité, mais, à ma façon, celle que j'estime être vraie.

- Grand-père tu n'as pas fini de me raconter le Périgord des Anglais.

- Je vais te raconter le mariage d'Aliénor d'Aquitaine avec le roi d'Angleterre, les exploits de son fils Richard Cœur de Lion, nous allons tous les deux faire un voyage fantastique jusqu'à Jérusalem.

Grand-mère qui remettait une bûche dans la cheminée se retourna :

- Mais cet enfant doit aller se coucher ! Arthur vous êtes incorrigible.

- Grand-mère, demain c'est jeudi et je n'ai pas école !

Et il commença son récit avec « sa » vérité...

REMERCIEMENTS

Je tiens à remercier mon épouse Éliane pour son aide et ses précieux conseils, ainsi que mes amis, Patrice Novella, Yves Chevrot, Annette et Jean-Pierre Deroubaix, qui ont gentiment relu ma copie et m'ont suggéré d'utiles corrections.

Dessins de l'auteur

L'HARMATTAN, ITALIA
Via Degli Artisti 15 ; 10124 Torino

L'HARMATTAN HONGRIE
Könyvesbolt ; Kossuth L. u. 14-16
1053 Budapest

L'HARMATTAN BURKINA FASO
Rue 15.167 Route du Pô Patte d'oie
12 BP 226
Ouagadougou 12
(00226) 50 37 54 36

ESPACE L'HARMATTAN KINSHASA
Faculté des Sciences Sociales,
Politiques et Administratives
BP243, KIN XI ; Université de Kinshasa

L'HARMATTAN GUINEE
Almamya Rue KA 028
En face du restaurant le cèdre
OKB agency BP 3470 Conakry
(00224) 60 20 85 08
harmattanguinee@yahoo.fr

L'HARMATTAN COTE D'IVOIRE
M. Etien N'dah Ahmon
Résidence Karl / cité des arts
Abidjan-Cocody 03 BP 1588 Abidjan 03
(00225) 05 77 87 31

L'HARMATTAN MAURITANIE
Espace El Kettab du livre francophone
N° 472 avenue Palais des Congrès
BP 316 Nouakchott
(00222) 63 25 980

L'HARMATTAN CAMEROUN
BP 11486
Yaoundé
(00237) 458 67 00
(00237) 976 61 66
harmattancam@yahoo.fr

5108 - juillet 2009
Achevé d'imprimer par
1livre.com
du rêve à la réalité !